KB180678

만주이민문학 자료총서 1

만주조선문예선

滿洲朝鮮文藝選

만주조선문예선

오양호 엮음

역락

'이민문학기 5대 자료총서' 간행에 붙여

한국 현대문학사에서 1940년대 초기의 중국조선족 문학은 이민문학기移民文學期의 자리에 있다. 문학동인지 『북향』이 간행되고, 『카토릭 소년』 등이 발행되던 1930년대 후반이 망명문단기亡命文壇期라 한다면, 40년대는 중국동북 3성에 이주한 조선인들이 자리를 잡고, 북쪽에 새 고향 건설을 꿈꾸며 어렵게 이민사회를 만들어 가던 시기에 생산된 문학인 까닭이다.

당시 2백만을 헤아리는 이주민들은 간도 용정, 길림, 장춘 등지에 어렵게 조선인 집단 거주지를 확보하여 수전水田을 개척, 생활 터전을 마련한 후 학교를 세워 2세교육의 기틀까지 닦았다. 그와 함께 한글판 신문과 잡지 등을 간행하며 문화활동도 시작하였다. 문학의 경우 단행본 시집, 소설집, 수필집을 간행하며, 본국에서는 이미 끝난 한글에 의한 작품활동을 지속함으로써 경성문단의 부러움을 사는 이민문단을 형성하였다.

『만주조선문예선』(수필집, 1941.11.), 『싹트는대지』(소설집, 1941.11.), 『만주시인집』(1942.9.), 『재만조선시인집』(1942.10.), 안수길 창작집 『북원』(1944) 등이 그 시기 이민문단이 남긴 대표적 작품집이다.

이 다섯 권의 단행본이 바로 그 문제의 시기, 이민문학기를 형성시키는 '5대五大' 자료다. 이 밖에 안수길이 해방직전까지 「만선일보」에 연재한 최후의 한글소설, 『북향보』(1944.12.1.~1945.7.4.)가 있다.

이제 이 자료들을 "만주이민문학 자료총서"로 묶는다. 이 방면의 연찬이 1970년대 후반부터인 것을 감안하면 많이 늦은 감이 있다.

우리가 잘 아는 바와 같이 1940년대의 만주는 일본의 괴뢰국가 '만주국'이 지배하던 공간이다. 따라서 문학 작품 역시 이런 정치적 상황과 무관하지 않다. 그러나 만주국의 상황은 한글 사용이 완전히 금지된 본국과는 그 사정이 많이 달랐다. 본국이 민족만 남고, 국토, 국권이 사라진 식민지라면 이민의 땅, 만주는 정체가 만주국이긴 하지만 일본의 정치, 문화의 압력과 영향이 본국과는 비교될 수 없을 만큼 거리가 있는 다른 나라였다. 따라서 "만주이민문학 자료총서"는 혹자가 말하듯이 '만주국 지배하의 자료'란 단지 그 조건 하나 때문에 치지도외할 대상이 아니다. 갖가지 사유를 촉발시키는 문제를 내포하고 있는 자료다. 물론 이 자료 중에는 문학적 평가, 특히 친일문학기로 지칭되는 1940년대 초기를 이민문학기로 규정할 때 야기될 수 있는 문제적 요소가 없는 것은 아니다. 그러나 그런 문제가 글 전체를 가로 막고 서는 작품은 거의 없다.

독립군이 할거하는 간도에서 왜 맞서지 못하고, 피하고, 타협하며, 에둘러가는 글을 썼는가라고 나무라는 것은 왜 문학의 독립군이 되지 못했는가 라는 말과 큰 차이가 없다. 엄혹한 시기 남의 나라에 스며들어 삶을 도모해야했던 이민들은 그 현실에서 온갖 문제와 부딪혔다. 그러기에 글 외연의 얼마는 그런 현실과 타협하는 자세를 취하지 않을 수 없었을 것이다. 우선 살아남아야 했기 때문이다. 그러나 그 내포는 그런 것과의 동행을 거부 한다. 가령 김조규는 『재만조선시인집』 '서문'에서 당시 만주의 현실을 보고 '새로운 의욕'을 느낀다고 했지만 정작 그의 시에선 '오라는 글발도 없고/ 기다리는 사람도 없는/ 밤과 밤을 거듭한/ 추방의 막막한 나그네 길'이라며 은밀히 다른 생각을 하고 있다. 그뿐 아니다. 그는 '오늘도 또 한사람의 통비분자/묶이어 성문 밖을 나오는데/ 왕도낙토 찢어진 포스타가/ 바람에 喪章처럼 펄럭이고 있다.'며 저항의 자세를 취하기도 한다.

우리는 그간 1940년대 문학을 해석하는데 시대성과 역사성을 너무 의식했다. 그 결과 반세기 전에 기술된 친일 문학기, 암흑기, 공백기라는 부끄러운 문학사의 서술이 '40년대는 이민문학기다'라는 대안이 학계에 '보고, 논의, 반론 없음'에도 불구하고 아직도 수정되지 않은 상태에 놓여있다. 그러나 이제는 이런 식민지 콤플렉스로부터 벗어날 때가 되었다. 군이 포스트모더니즘, 코리아 디아스포라, 탈식민주의, 글로벌리즘, 다민족사회와 같은 시류적 논리의 얼마를 끌어와 궁색하게 근거를 댈 것 없이, 그런 식민지 체험의 민족 허무주의적 발상은 이 시대의 새 담론으로 뭉개버리는 것이 옳다. 이데올로기의 시대는 가고 이제 사람들은 인간을 인간답게 만드는 것이 이데올로기가 된 시대이다. 우리는 인간주의, 개개인의 행복이 최고의 가치를 지닌 시대에 살고 있기 때문이다.

문학작품을 시대에 예속시키지 않고, 전시대와의 변화와 지속 속에서 그 자체의 미학으로 봐야한다는 문학자체의 주권시대에 와 있다. 한국문학에서는 일제강점기의 문학이 더욱 그러하다. "만주이민 문학 총서"의 경우도 작품의 행간을 읽으며 작품 자체만을 문제 삼아야 한다. 특히 총서 중 시문학에 번다하게 나타나는 '이주, 고향, 땅' 등의 모티프를 군이 시대적 상황과 관련지우지 않고 삶의 본질로 그 사유를 심화시켜야 할 것이다. 그래야 40년대 본국문학에서 발견하기 어려운 요소를 찾아낼 것이고, 거기서 한국현대문학사가 저지르고 있는 자기 비하의 오류를 수정할 근거도 탐색해 낼 수 있을 것이다.

1940년대 만주를 민족적인 시각으로만 보려는 것은 그야말로 우리들의 희망사항이다. 2011년 한 해를 장춘의 '길림대학'과 북경의 '중앙민족대학'

에서 강의를 하면서 나는 저 아득한 외몽고 조선족 마을에서, 료녕성 심양에서, 연변 너머 두만 강변 도문에서 청운의 꿈을 안고 대처로 유학 온 조선족 3세 또는 4세를 만나 가르치고, 또 배우기도 했다. 그리고 오월 단오에는 장춘 난후南湖공원 서문 광장을 가득 메운 조선족이 마련한 잔치에 참가하여 나도 그들과 함께 술을 마시고, 춤을 추고 민요도 불렀다.

나는 거기서 한국적인 것과 비한국적인 것을 함께 목격하였다. 한국인의 만주이주가 1세기를 훌쩍 넘었으니 삶의 양식이 변화는 것은 당연하다. 그러나 문제는 그들의 심리상태였다. 그들은 신주神舟 8호의 우주도킹 성공을 조국 중화인민공화국이 일등국가로 세계를 경영하는 단계에 진입한 증거라고 자랑했으며, 김정일 서거에 보내는 관심을 보며 우리가 넘을 수 없는 담이 거기 만리장성처럼 쌓여있음을 깨달았다. 30여 년을 조선족 문학 연구에 바친 내 연찬활동의 대의는 동족이 이방에서 남긴 가치 있는 한국문학이란 명분이었는데 그런 대의와 명분이 배반당하는 심리를 그들에게서 발견하였다. 그들은 벌써부터 한국인이 아니었다. 이 엄연한 사실을 그간 우리는 잊고 있었던 것이다. 그러나 그 후 그들과 자주 만나 소통하고 가까워지면서 그 복합성, 이중성, 양가성이 그들의 생존원리인 것을 깨닫고, 늦었지만 내 생각을 수정했다. 절대가치, 절대자아, 권위주의, 중심주의 등이 부정되고 현대의 다양성과 상대성이 지배하고 존중되는 탈구조주의 내지 중심과 변방이 소통되는 포스트모더니즘적 시각으로 다시 접근하는 것이 시대와 함께 가는 논리임을 깨달았다.

조선족의 운명이었지만 반운명적 존재가 될 수밖에 없었던 그들의 내력, 그들은 그런 운명을 이미 1940년대에 직면했던 것이다. 그런데 우리들은 그런 삶의 이치를 역지사지易地思之 하지 못하고 구시대의 양단적 논리, '민족/반민족' '자유민주/ 사회주의독재'란 틀에 갇혀 있었던 것이다. 모국이 이데올로기에 함몰되어 남북 쌍방이 힘을 소진시키고 있을 때 그들은 자신들의 운명, 곧 모국은 이등분, 자신들은 그 이등분의 다른 한 덩어리, 그러나 그들은 그런 뿌리 뽑힌 운명을 현실적으로 잘 갈무리함으로써 오늘날의 조선족으로 살아남을 수 있었다. 그들은 오직 실사구시實事求是, 현실에 순응하며 우선 살아남아야 한다는 절체절명의 명제를 실천했다. 자신들의 뿌리를 드러내지 않고, 쉰다섯 소수민족과 어울려 대지를 갈지 않았다면 그들은 벌써 만주 땅에서 사라진 종족이 되었을 것이다. 그 결과 오늘의 중국 조선족은 중국의 소수민족 중 모국의 문자와 고유어, 자기 민족의 문화를 유지하며 대학까지 갖춘 몇 안 되는 종족 중의 하나가 되었다.

나는 이런 조선족이 한국을 고국으로 하면서 중국을 조국으로 자랑하는 중화인민공화국의 공민임을 현재 56개 종족의 치열한 경쟁 속에 살아가고 있는 북경 조선족의 삶에서 재확인하였다.

"만주이민문학 자료총서"는 이런 조선족이 고국과 조국 사이, 1940년대 초부터 1949년 중화인민공화국 수립기까지 사느냐 죽느냐의 위기와 만나, 더욱이 양단된 나라를 모국으로 한 소수 민족으로 겪어야 했던 매듭 많은 역사의 현장을 배경으로 탄생한 다면체의 문학이다.

"만주이민문학 자료총서"의 행간을 읽으며, 문학의 다른 잣대를 새 시대의 논리로 접근하기를 기대하며 이 총서의 원본 간행을 기획하였다. 출판을 맡아 준 도서출판 역락 이대현 대표와 편집부 여러분께 감사를 드린다.

구반포 낡은 집에 다시 돌아온 2012년 여름
오양호

차 례

자료편의 원문 자료는 이 책의 맨 뒷 페이지부터 보시기 바랍니다.

滿洲朝鮮文藝選

수필집 『만주조선문예선』의 서지 사실 세 가지

1. 형태

『만주조선문예선』(滿洲朝鮮文藝選)은 1941년(康德 8년) 11월 5일 만주 新京特別市 長春 大街, 지금의 長春市에서 간행된 합동 수필집이다.

이 책에 대한 소개는 어느 연구서, 논문, 문학사에도 없다.

책의 크기는 가로 15cm 세로 21.7cm이고, 분량은 총 97쪽('목차' 제외)이다. 지질은 갱지(更紙, 시험지)이고, 인쇄는 프린트 판, 곧 등사판(がりばん) 위에 기름종이를 놓고 철필(鐵筆)로 써서 그것을 손으로 등사한 수제(手製) 책자이다. 가격은 '實費 六十五錢'으로 표기되어 있고, 發行所는 朝鮮文藝社(新京特別市 長春大街 三0四의 B六)이다. 편자는 신영철(申瑩澈), 발행자는 노승균(盧承均), 인쇄자는 양본진일(梁本進一)이다.

이 수필집은 등사원지에 필경(筆耕)한 것인데 그 글씨체는 3가지다. 책을 제작할 때 그 원고를 3인이 나누어 필경한 것으로 판단된다. 책 한 권을 한 사람의 손으로 쓰는 일은 힘들 뿐 아니라 많은 시간이 소요되기에 3인이 나누어 하고, 상호 교정 작업도 하였을 것이다.

한국현대문학사상 정식 출판사의 이름을 건 출판물 가운데 이런 형태의 호부장(糊付裝) 단행본은 이『만주조선문예선』이 유일무이 할 것이다. 몇 부를 간행했는가에 대한 기록은 없다. 기껏해야 몇 십 부가 아닐까 싶다. 수제 등사판 책을 몇 백부 제작한다는 것은 당시의 사정으로는 거의 불가능할 것이기 때문이다.

2. 문학사적 위치

지금까지 모든 한국문학사는 1940~1945년간을 암흑기[1], 친일문학기[2], 비양식의 문학기[3], 이중적 글쓰기[4] 시대 등으로 기술했다. 그러나 1970년대 말부터 이 시대가 이민문학기(移民文學期)로 해석되기 시작했고[5], 그 후 이런 관점은 심화되어 1940~45년간의 한국문학사 기술을 이 시기 만주에서 간행되고 읽힌 만주 조선인 문학으로 삼는 단계

---

1) 백철,『조선신문학사』(백양당, 1949), pp.398~9.
2) 임종국,『친일문학론』(평화출판사, 1966), p.18.
3) 장덕순,「일제암흑기의 문학사」,『세대』(1963.9), pp.176-7.
4) 김윤식의「안수길 창작집『북원』에 대하여」, ≪한국문학평론≫ 1999. 가을호 등이 이런 논리에 서 있다.
5) 오양호,「이민문학론 · 1」,『영남어문학 · 3』, 1976.
    _____,「이민문학론 · 2」,『현대소설연구』(정음사, 1982)
    _____,『한국문학과 간도』(문예출판사, 1988)
    채 훈,『재만한국문학연구』(깊은샘, 1990)
    최경호,『안수길연구』(형설출판사, 1994)
    조규익,『연변지역 조선족 문학연구』(숭실대출판부, 1992)
    중국조선민족문학사대계 2,『문학사』(북경대학 조선문화연구소, 2006, 북경)
    김종회 편,『한민족문화권의 문학』(국학자료원, 2006)
    오상순 주필,『중국 조선족문학사』(민족출판사, 2007, 북경)
    조동일,『한국문학통사 · 5』(지식산업사, 2005)

에 와 있다.6)

이런 논리를 방증할 수 있는 중심 자료는 다음과 같다.

수필집, 『滿洲朝鮮文藝選』(新京特別市 朝鮮文藝社, 1941)

廉想涉 편, 소설집 『싹 트는 大地』(新京特別市, 滿鮮日報社, 1941)

朴八陽 편, 『滿洲詩人集』(吉林, 第一協和俱樂部 文化部, 1942)

金朝奎 편, 『在滿朝鮮詩人集』(延吉, 藝文堂, 1942)

安壽吉 창작집, 『北原』(延吉, 藝文堂, 1944)

安壽吉 장편소설, 『北鄕譜』(「滿鮮日報」,19944, 12월 1일~1945, 7월 4일)

이 시기 만주조선인 문학은 경성문단의 부러움을 살만큼 활기에 찬 망명문단을 형성하고 있었고, 『만주조선문예선』은 그런 만주문단의 수필 장르를 대표하는 엔솔로지이다. 그러니까 이 수필집은 『만주시인집』, 『재만조선시인집』, 『싹트는 대지』, 『북원』, 『북향보』와 함께 한국문학의 가장 불행한 시기, 1940년대 초기의 한국 수필문학을 대표하는 작품집의 하나이면서 문학사에서 공백기로 기술하는 한 시기를 메우는 중요한 자료이다.

3. 작품의 대체적 성격

『만주조선문예선』에 수록된 작품 수는 41편이고, 작가는 29명이다.

---

6) 오양호, 『일제강점기 만주조선인문학 연구』(문예출판사. 1996)
　　＿＿＿, 『만주이민문학 연구』(문예출판사. 2007)
　　＿＿＿, 『그들의 문학과 생애, 백석』(한길사. 2008)

고시조가 14수, 시는 2수이고, 나머지 25편은 모두 수필이다. 최남선과 이 책의 편자 신영철[7]의 작품이 각각 5편이다. 수필 중에는 최남선의 「사변과 교육」과 같은 시류적 성격이 강한 글과, 김두종金斗鐘의 「문화 사상의 동의보감」, 현규환女圭煥의 「만주의 기후와 생활」 같은 비문학적 소재를 다룬 글도 있다.

수록된 수필의 특징은 대부분의 작품이 기행수필이다. 당시 기행수필은 경성문단에 많이 나타나 화제가 된 수필의 하위 갈래다. 조선의 '승경중심 8경과 사적 중심 8경'을 이광수, 한용운, 이기영, 염상섭, 김억, 이병기 등 당시 조선 문인을 대표하는 열여섯 사람의 수필을 모아 발행한 수필기행집 『半島山河』(三千里社, 1941)가 그것이다.

『만주조선문예선』의 모든 작품은 만주를 배경으로 하고 있다. 그러나 염상섭의 「우중 행로기」는 염상섭이 형과 함께 기차를 타고 김천에 갔고, 거기서 큰비를 만나지만 그런 우중에 예천을 방문한다. 당시 염상섭은 「만선일보」 편집국장이었으니 만주기행문도 많을텐데 왜 시치미를 떼고 형제가 우중에 의좋게 예천간 기행문을 실었는가는 의문이다. 이 책이 내 건 큰 명제가 '만주조선문예선'인데 그의 글은 이런 제목 밖에 놓여있다.

수록된 고시조는 최영, 김종서, 남이, 효종의 우국 단심가와 황진이의 '산은 넷 산이로되 물은 넷 물이 아니로다/ 주야에 흐르니 넷 물이 이실소냐/ 인걸도 물과 같도다 가고 아니 오노매라'와 같은 작품이다.

최남선의 「사변과 만주」가 공식적인 발언이라면 이런 시조는 당시 만주 조선인의 심정을 은밀하게 토로한 것이고, 염상섭의 「우중행로기」

---

7) 2012년 작고한 문학평론가 신동한의 부친.

의 그 비 야야기와도 어떤 호응관계에 있다.

김복락의 시 「大海」도 그 시 의식이 어떤 이상향을 지향하고 있다는 점에서 고시조의 내포(Connotation)와 별로 다르지 않다.

1940년대 중국 동북지구 조선인수필집
『만주조선문예선』 연구

1. 들어가며

중국 동북지구 한국문학 작품에 대한 연구가 '친일문학기 또는 암흑기'로 명명되는 1940년대 초기에 대한 반론으로 제기된 이후 한 세대가 흘렀다[1]. 그간 이방면에 대한 연구는 한 세대전의 냉담했던 반응과 달리 많은 성과가 이루어졌다. 그러나 여전히 이 방면의 연구는 문제적 과제로 남아 있다[2].

1940년대 초기의 한반도의 정신사는 오족협화, 황도사상, 대동아공영권으로 요약된다. 하지만 이런 제국주의적 절대 권력의 다른 한편에는 민족 자본을 축적하려는 자본주의 논리, 전근대사회를 계몽하여 그

---

1) 오양호, 「암흑기 문학 재고찰」, 1980, 6~7일. 제23회 전국국어국문학 대회, 한국정신문화 연구원
2) 대표적인 예가 국제한인문학회가 집중적으로 다루고 있는 디아스포라문학 연구다. 개인의 경우 오양호는 『한국문학과 간도』(1988) 이후 『그들의 문학과 생애, 백석』까지 4권의 저서를 내며 지속적인 연구를 하고 있다.

것을 통해 민족을 끌어 올리려던 애국계몽주의, 서구를 배워 자유주의 이념을 구현하려한 자유민주주의 사상, 신천지를 찾아가 삶의 터전을 마련하겠다는 망명성의 프론티어 정신이 함께 존재하고 있었다.

사정이 이러하지만 민족주의의 배타성으로 식민지 시대를 해석하는 닫힌 논리는 마침내 이분법이 지배하는 상황을 만들었다. 곧 '민족/반민족, 친일/반일'의 견고한 틀을 형성했다. 그래서 제국주의 상황이긴 하지만 그것과 동거하던 민족주의의 다양한 변용을 발견하지 못하는 결과가 되었다. 이 논문은 이런 문제를 『만주조선문예선』을 중심으로 고찰해 보겠다[3].

2. 1940년대 초기 동북3성의 한국문학 사정

2.1. 「천산유기」와 민족사의 발견

『만주조선문예선』에서 작품 수가 가장 많은 사람은 최남선이다. 5편의 수필 중 특히 우리의 관심을 끄는 작품은 「천산유기」 1·2이다. 최남선이 1920년대부터 우리나라의 자연미를 숭고의 차원으로까지 고양시키려한 작가의식이 이 수필에도 중요한 문제가 되고 있기 때문이다. 문학이 현실을 복합적으로 받아들여 분출시키는 예술이라는 사실을 감안할 때, 최남선의 이런 점은 다른 하나의 시대반응이라는 점에서 주의를

---

3) 『만주조선문예선』은 필경 한 글씨를 등사해서 만든 책자다. 책값은 '실비 65전'. 1941년 신경특별시 조선문예사에서 간행. 1940년대 만주조선인 수필문학을 대표하는 유일한 자료.

요한다.

　　요동반도란 원래 조선반도와 한가지로 역시 백두산의 한 기슭인 것이
다. 그리고 역사를 말 할 것 같으면 천산의 좌우가 고조선의 주요한 지역
으로서 고구려 발해의 역대에 언제든지 근본적 의미를 가젓든 지역이었
으니 거기에는 先民의 어루만진 자리가 있고 이 흙에는 선민의 흘린 땀이
실여 있을 것이다. …(중략)… 내 이제 천산의 일봉정一峰頂에 서서 흠뻑
만주를 잊어버리고 슬며시 고토의 생각을 품음을 누가 탓할 것이냐.
　　　　　　　　　　　　　　　　　　　　　　　　　—「천산유기」에서4)

　　최남선은 만주에서 한국인의 화려했던 과거인 고구려와 발해의 자취
를 찾으려한다. 그러나 역사의 복원은 한 가지 역사학만으로는 어렵다.
그래서 최남선은 민족의 역사를 구성하고 이를 통해 민족의 정신을 함
양하기위해 지리학을 끌어온다. 그는 백두산과 금강산을 보면서 민족
의 특징을 그런 산의 지세와 풍모와 연결시킨 바 있다. 지리학을 호출
하여 그 지리에 베어있는 조상의 숨결과 역사를 찾아내려 했다.
　　위의 인용에서도 이런 관점이 나타난다. 고구려와 발해의 고토 만주
를 민족사의 공간으로 회복시키려 하기 때문이다.
　　식민지가 된 국토를 순례하면서 자연 속에서 민족의 특성을 추출해
내고, 이면에 묻힌 역사를 통해 민족혼과 독립심을 고취하려했다. 기행
문「천산유기」1·2에 이런 점이 그대로 나타난다. 기행문에 시조를 끼
워 넣는 글쓰기가 그러하다. 이것은 과거의 사실만이 아니라 현재를 통
해 민족의 역사를 재구성하고, 미래의 역사까지 수행하려는 의도이다.

---

4) 최남선,「千山遊記」·2,『滿洲朝鮮文藝選』朝鮮文藝社,新京特別市. 1941. 46~48면.

천산을 백두산의 한 지류로 보고 거기서도 한국의 국토와 역사를 발견하려 하는 태도가 그렇다.

이런 글쓰기 기법은 땅에 정서적, 심리적, 철학적, 미학적 숨결을 불어넣는다는 점에서 문학과 지리가 만난다. 최남선은 천산을 보고 시를 읊으며 그 땅이 우리의 땅이라고 생각한다. 천산이 최남선의 정서, 심리, 미학에 의해 우리의 고토로 되살아나는 까닭이다. 국경을 넘어 남의 땅을 체험하면서, 그곳이 사실은 우리민족이 정착하여 땅을 일구었던 자리(空間)이며 지리(地理)라고 인식한다. 1940년대의 천산은 일본이 지배하는 현실의 공간이다. 그곳은 사실의 땅이며 사건의 현장이다. 그러나 최남선은 그 현장에서 민족의 신화 호출을 시도한다. 한국문학의 고유한 갈래인 시조를 통해 한국인의 삶이 만주에까지 이르렀고, 그것이 더욱 풍요해지길 노래하고 있다. 천산의 만년설을 보면서 만주라는 공간을 한국의 고토로 재생시킨다. 이것은 일본의 단군부정에 맞서 단군의 신화학을 통해 그 실체를 해명하려 한 「불함문화론不咸文化論」(1925)의 그 수법이다5). 이런 태도는 일본에 대한 학문적 독립선언이자 단군 말상에 대응하는 외교문서로까지 평가된다6).

문학이 지리를 통해 이루어내는 것은 자연의 아름다움, 그 아름다움이 더욱 완전한 의미를 지니게 하고, 그것을 더욱 매력적인 것으로 만들어주는 내적인 역사이다.7) 최남선은 문학공간의 확대에 의해 한국인

---

5) 조현설, 「동아시아 신화학의 여명과 근대적 심상지리의 형성」, 『민족문학사 연구』16호, 민족문학연구소, 2000.
6) 오문석, 「민족문학과 친일문학사이의 내재적 연속성의 문제연구-최남선을 중심으로」, 『현대문학연구』30집, 한국문학연구학회, 2006.
7) Geikie, Archbold, 1970, *Type of Scenery and Their Influence of Literature*, Port Woshington, N.Y. : Kennikat Press(Frist published in 1898). 59 쪽.

의 심상공간을 새로운 정신사의 한 축으로 이끌어 낸다. 이런 점에서 그의 「천산유기」1·2의 천산은 한국의 산이다.

최남선이 「심춘순례」 서문에서 '조선의 국토는 산하 그대로 조선의 역사며 철학이며 시며 정신이다'8)며 민족의 정신을 조국의 국토에서 찾던 그 내적인 역사의 시선이 「천산유기」 1·2에서도 그대로 유지되고 있다.

2.2. 만주와 잡종사회

문학을 바라보는 시각을 하나로 고정시켜 놓고, 문학이 내포하고 있는 다양한 의미를 도출해 내는 것은 불가능하다. 문학에 대한 해석은 관점에 따라 가변적일 수 있기 때문이다. 1930년대의 만주는 무주공산이었다. 그러나 그 무주공산은 일본의 자본진출로 곧 역동적인 잡종사회로 변해갔다. 1940년대 초기의 조선족 사회는 민족 혹은 반민족이란 양분법으로는 사회의 성격 추출이 어렵다. 오족협화五族協和가 슬로건이고, 그 안에는 일본의 제국주의가 도사리고 있었기 때문이다. 또한 만주를 기회의 땅으로 생각하고 이주해온 이민, 권력가와 야합하고 진출한 자본가들, 제2차 세계대전이라는 대재난을 피해 찾아온 여러 유형의 인간들이 각축을 벌리고 있었던 까닭이다. 특히 한국의 경우, 그 땅은 국가재건을 노리는 내셔널리스트가 모여들었던 공간이라 당시의 글은 그 내포(connotation)와 외연(denotation)이 다를 수 밖에 없다.

결론적으로 말해, 1940년대의 만주조선인의 존재는 이분법적 논리 밖에 놓여있다. 제국주의 국가 일본의 엄혹한 통치와 느리고 소극적인

---

8) 고려대 아세아문제연구소 편, 『六堂崔南善全集』6, 현암사, 1973, 259쪽.

중국의 정치가 맞서는 사회 속에 조선인이 서 있다. 조선은 일본과 합방한 나라이기에 조선인의 사회적 위상은 2등 국민이었다. 그러나 이것 때문에 만주 조선인은 중국인들의 견제를 많이 받아야 했다. 따라서 살아가기가 어려웠다. 안수길의 수필 「이웃」에 이런 문제가 잘 나타난다.

> 어떤 시인은 고향사투리를 들으려고 정거장 대합실을 찾아갔다 하거니와 귀또리 우는 밤 풋 송아지 울음가치 들려오는 기차 고동소리는 끝없이 향수를 자아내는 것이다. 우리 집은 누어서 고동 소리를 들을 수 있는 정거장 앞이다.
> 또한 우리 집 옆에는 중세적 풍격을 갖추고 있는 대화호텔이 있다. 그 옥한 정원과 태고 그대로인 수목에는 저녁이면 까마귀가 때를 지어 찾아들어 보는 자로 하여금 잠깐 도회의 중앙에 서 있는 것을 잊게 한다.
> 그러나 나는 일찍이 일 없이 대합실에 가본 일이 없다. 또 한가하게 누어서 제법 고동소리를 즐기려는 그리고 수목에 깃드는 까마귀 떼를 천천히 완상하려는 그런 야심을 일으켜 본적도 없다.[9]

대륙에 자본주의 진출이 시작되고 있는 모습이 엿보인다. 정거장 대합실엔 고향을 떠난 사람들이 드나들고, 그 정거장 옆에는 그런 사람들이 머무는 분위기가 근사한 호텔이 들어 서 있다. 소자본의 진출과 함께 자본주의적 잡종사회가 형성되는 냄새가 난다. '나'의 집은 정거장이 이웃이라 향수를 자아낸다. 하지만 나는 일없이 정거장 대합실에 가지는 않는다. 객고의 생활이 신산하지만, '나'는 늘 생활에 쪼들린 강박

---

9) 안수길, 「이웃」, 『만주조선문예선』, 조선문예사. 1941. 67~68쪽.

관념 때문에 그런 여유를 즐길 수 없다.

이 수필은 잘사는 사람들(1등인)이 드나드는 호텔 옆에 살며 그들의 여유를 구경한다. 그런 구경을 하니 2등 국민이다. 역설적이다. '나'도 호텔을 드나들며 한가함을 즐기고 싶다. 그러나 그것은 감상이라며 무시한다. 이것 역시 역설적 진술이다. 안일을 즐기는 족속에 대한 부러움을 문인의 자존심으로 짓눌러버리지만, 그 이면에는 그런 여유를 누리지 못하는 소시민적 아쉬움이 깔려있기 때문이다. 자본의 진출이 계층 갈등으로 전이되는 사회의 한 단면이 비교적 잘 드러나 있다.

1940년대 중국의 한국문학을 해석하면서 민족주의를 이상적인 틀로 적용하더라도 이분법적 틀에서는 벗어나야 한다. 「이웃」과 같은 이런 자조自照적 수필이 설 자리가 없기 때문이다. 구분과 배제의 메커니즘이 한 시대를 설명하는 명쾌한 논리에는 복무할 수는 있다. 그러나 그런 논리가 인간 생활의 복합적 결정체인 문학을 해석하는 도구로서는 적절하지 않다. 특히 작가의 의식이나 사상에서 비교적 자유로운 수필의 경우 이런 잣대는 더욱 그러하다.

2.3. 만주 공간에서 호출하는 민족정서

『만주조선문예선』에 최남선 다음으로 많은 수필을 발표한 사람은 신영철10)이다. 그는 만주 조선문단에서 중요한 편집자로 많은 활동을 했

---

10) 신영철申瑩澈(1895~1945)은 서울에서 출생하였고, 호는 약림若林이다. 일본 동양대학 철학과를 졸업 한 후, 동경 유학생들의 동아리 '색동회' 간사를 맡으면서 조선문단에 진입하였다. 1919년 매일신보에 '매신문단每申文壇을 평함'이라는 시평 이후 『어린이』, 『별건곤』의 편집주간을 맡았다. 1938년 10월 신경으로 가서 『만선일보』 기자가 되고, 그 신문에 발표된 학생들의 글을 모아 『학생서한學生書翰』이라는 단행본을 발행하면서 만주 조선인문단에 참여하기 시작했다. 신영철의 중요한 문단활동은

지만 그의 문학 활동은 당시 조선인 집단의 사회적인 양상을 구체적으로 묘사하지는 않는다. 문학이 삶의 반영이고, 발현이지만 그는 삶 그 자체 보다 그런 현실에서 비상하려 한다. 문학의 가치는 인간의 실제가 정확하게 재현되지는 않는다. 하지만 독자의 욕구와 열망을 반영함으로써 독자들이 처해있는 환경을 이상화 시키거나 어떤 역사적 역경을 극복하게 해야 한다. 문학의 예술적 조건이 열악할수록 그런 성향이 강하게 나타난다. 수필 「남만평야의 아침」이나 「신경편신」이 그러하다. 이 수필은 만주의 조선인이 새롭게 직면하는 장소, 경관을 어떻게 인식하는 가를 보여준다. 곧 새로운 장소나 경관을 우리의 정서로 호출함으로써 그것을 실현시키려 한다.

① 고목의 살구나무에 반홍반백의 꼬치 만개한 것은 어쩐지 시기 질투 쟁탈 각축이 심한 그런 복잡혼란한 세상과는 딴판인 세상을 이룬 듯한 그야말로 도원경 그대로의 향촌이 아니엇겠소. 그때에야 내가 그 도원경을 떠나서 이 광막하고도 사오월에 눈이 풍풍 쏘다지는 이곳을 차저올줄이야. 내가 아모리 세상에 업는 자기운명을 가장 잘 아는 예언자라 한들 점처 알엇슬 리理가 잇섯겟소.

그러나 아림형! 나는 구태여 그시골에 피는 살구꼿 못보는 것을 지금와서 새삼스러이 원怨하거나 한恨하고는 십지안소이다. 원하고 한하여도 지금 다시 그 고향이 나를 그 옛 품안에 안어줄 아모런 힘도 업슬진

1941년 11월 재만조선인 수필집 『만주조선문예선』을 발행하고, 같은 해 같은 달 재만조선인 작품집 『싹트는 대지』를 편집하고 발문 '싹트는 대지 뒤에'를 쓴 것이다. 1943년에는 평산영철平山瑩澈이라는 창씨 개명한 이름으로 『반도사화와 낙토만주』의 편집인이 되어 그 책을 간행하고, '재만조선인 교육의 과거와 현재'라는 장편논문을 그 책에 발표하면서 그는 시대의 흐름에 호응하기 시작하였다. 그 후 『만선일보』 학예부장으로 활동하다가 1945년 6월 신경에서 50세의 나이로 사망하였다.

대 이곳에 늦게나마 피는 행화杏花를 고향의 마을 울타리에서 보든 그 살구꽃마찬가지로 흠뻑 보려하오[11)

② 온천의 명지로 남만에 일홈 노픈 오룡배五龍背역을 지나 안동현이 가까워 올사록 가을의 들꼬치 난만히 피엇소. 그중에도 하늘하늘 처녀의 옷고름과도 가치 가냘피 나붓기는 새꼬츤얼마나 부드러운지 모르겟소. 콩밧머리 논뚝 위에 하야케 피인 메밀꽃도 민요를 읽는것이나 마찬가지인 듯 합니다.

무논 뚝으로 하얀 옷을 입은 조선소년 두엇이 아랫도리를 거더부치고 고무신을 손에 들고 거러가며 도란도란 이야기하는 광경, 철교 밋 시냇가에 노랑저고리 분홍치마를 입은 조선각시와 색시가 빨래방맹이를 드럿다 노앗다하는 풍경은 누가 만주를 멀다 하리까[12).

인용 ①은 「신경 편신」 세편 중 두 번째 글이다. 만주에도 살구꽃이 피는 봄이 오니 두고 온 고향의 그 꽃이 몹시 보고 싶단다. 외적인 사건보다는 그것이 투영된 내적 정감이 감각적 표현을 통해 생동감을 얻고 있다. 소대가리가 얼어터진다는 만주의 지독한 추위가 끝나고 드디어 오는 봄을 고향의 그 봄과 대비하고 있다. '조선의 시골에 가장 매력 있게 이른 봄빛을 꾸미는 것이 살구꽃'이라는 말은 봄이 와도 봄 같지 않는 만주의 봄에 대한 불만이다. 어릴 때 맞이하던 고향의 아늑한 봄과 만주의 거친 봄을 대비한다. 만주를 살만한 공간으로 받아드리려 한다. 작가를 짓누를 시대문제가 많을 것인데 힘든 환경을 관조적으로 접근하는 태도는 그의 실제적 삶과 다르다. 애써 한국적인 것을 찾아내

11) 신영철, 「살구꽃 필 때면」, 같은 책, 58~59 쪽.
12) 신영철, 「南滿平野의 아침」, 같은 책, 87쪽.

어 독자의 감성을 자극하는 기법 때문이다.

인용 ②는 안동현을 조선과 동일한 공간으로 인식한다. 작품속의 공간이 지리체험의 공간과 구분되지 않는다. 이것은 최남선이 천산을 백두산과 같은 것으로 생각하던 그 틀과 다르지 않다. 문학을 곰팡내 나는 책에서 해방하여 산 문자로 환원시키겠다는 그런 인식 공간이다.

최남선이나 신영철이나 시대고는 글의 행간에 놓았다. 장소의 의미를 역사 속에서 호출하고, 그것을 동일한 지리공간으로 받아드린다. 이것은 현실을 고통 없이 넘으려는 전략이다. 현실과 행복한 동행이다. 그러나 안쓰럽다.

3. 『만주조선문예선』에 나타나는 문학의 정체

3.1. 생명탄생의 대지 예찬

만주는 한없이 넓다. 검은 흙이 끝없이 뻗어나가는 곳이 동북 3성이다. 특히 신경은 가도 가도 산하나 없는 평지다. 현경준은 그런 대지에 봄이 오는 것을 다음과 같이 묘사한다.

> ① 내 귀는 계절의 숨결을 엿듯느라고 말할 수업시 간지러워진다.
> '눈이 녹으면 무슨 꽃부터 먼저 필까'
> '글세 진달넬까
> … (중략) …
> 압뒤손에 귀여운 천사들을 이끌고 길까에 나서니 바람도 업는데
> 훗날리는 머리카락. 가벼운 마음은 온갖 시름을 죄다 떨처버린듯

하늘 공중노피 자꾸만 들떠올은다. 길은 날마다 오루나리든 길이엇
만 짜장 새록워진듯 발길을 옴겨노키가 서툴으다.

이산 저산 번갈아 둘러보니 아직 눈빨은 남어잇다지만 눈빨 서린 그
봉오리가 한껏 더 노파 보이고 정겨워 보인다. 강은 강이 아니다. 조
촐한 개버들이 늘어선 내까에는 아직도 어름이 두텁다.

안은 군데군데 꺼진짬으로 엿보이는 한수寒水는 봄을 그리는 듯 첫
사랑의 가슴속 처롬 안정을 못하고 설렌다. 그리고 휘여잡은 버들가지
는 가득찬 탄력에 휘청휘청 고원孤圓을 그리며 튀기면 터질듯 춘용만
만春龍滿滿하다.13)

만주에 봄이 오는 풍경에 대한 감흥이다. 당시의 만주는 모두가 쌀
밭이었다14). 그러나 김동식의 「탄식」에서처럼 마누라와 어린 것을 묻
어야 하는 한 서린 땅, '마도강'이었다15). 그런 만주가 여기서는 생명
이 재생하는 땅으로 묘사된다. 제국의 욕망이 용트림을 하는 대지를 삶
의 근원적 존재로 묘사하고 있다. 지배의 욕망, 인성 마멸의 공격적 대
지가 행복의 공간으로 바뀌었다. 어떤 목적의식과도 연관되어 있지 않
다. 어린아이는 천사가 되었고, 아저씨는 봄 구경을 나가는 유족한 어
른이다. 잔설이 있는 산은 정겹고, 시냇가 버들은 봄을 맞아 탄력이 붙
어 터질 듯하다. 『만주조선문예선』의 작가들의 만주 체험은 거의 이런
낭만적 반응이다. 곧 넓은 대륙을 생명의 공간으로 인식한다.

---

13) 현경준, 「봄을 파는 손」, 앞의 책, 4~5면.
14) 지봉문, 「북국의 여인」 『조선문학』, 1937.1월호
15) '만주'를 순 한국어로 부르는 말. 『만선일보』, 1942.5.2. 「탄식」 '남국이 천리라니 고
   향도 천리라오/ 마누라 무더노코 어린 것도 무더둔 땅/마도강 마도강 나마저 무더두
   오'. 김창걸의 「암야」(싹트는 대지』, 신경, 1941)에도 이 명칭이 나온다.

② 밤 10시 발차로 신경을 떠날적에는 으스스한 날이 설의를 먹음은 듯도 하더니 이듬 아츰 10시에 대련역두에 나려서서는 이미 꺼입은 속옷이 주체스럽고 성포星浦의 호텔에서는 남향한 창호를 죄다 열어제치고 안짐이 더욱 딴 세계에 온 생각을 가지게 한다. 아까시아 행수行樹가 아직도 새파란 여인旅人의 원로垣路를 쾌속차륜을 굴리는 것이 또한 일 허진 봄을 도로 차진 기분이다.16)

③ 조선에 오는 봄이 만주라 아니오며 조선에 오는 제비와 괴꼬리 만주라 하여 아조 업스리까. 방금 봄의 발자욱은 한 거름 두 거름 남쪽에서 북쪽을 향하여 옴겨 걷고 잇나이다.

듯자하니 아직은 모르나 신경의 교외에도 제비가 날른다는 것은 이곳에서 오래 산 분의 이야기요, 랑랑제娘娘祭 지날 무렵 녹음 속에서 꾀꼬리 우는 노래를 드른 것을 작년 유월초 길림의 북산공원에서 내가 바로 내귀로 드른 일입니다. …(중략)… 제비가 날르는 만주요 꾀꼬리가 우는 만주이어니 어쩌고 내가 몸담어 잇는 이 만주를 추호인들 푸대접할 수 잇스리까17)

만주는 한 없이 넓은 신천지다. 기차로 12시간을 달려오니 딴 세상이라는 ②의 진술이 그러하다. 만주 대륙에 봄이 와서 꾀꼬리가 울고 (③), 그 꾀꼬리 소리가 조선의 봄을 연상시킨다. 대륙의 봄이 이렇게 강한 생명의 존재원리를 띄는 것은 만주가 그만큼 사납기 때문이다. 북만주의 겨울은 모든 생명을 죽여 버릴 듯이 공격적이다. 하지만 그 대지에 봄이 오면서 생명이 있는 모든 존재가 고개를 든다. '나'는 그런 봄날에 생명의 신비함과 엄숙함을 체험한다. 그래서 대륙의 봄에 감탄

---

16) 최남선, 「百爵薺 半日」, 앞의 책, 34~35쪽.
17) 신영철, 「제비와 꾀꼬리」, 같은 책, 63쪽.

하면서 친구에게 그 대지를 사랑하지 않을 수 없다는 글을 쓴다. 그러나 이 낭만적 글 속에 자기 마멸적인 요소가 숨어 있다.

④ '몬테카르로' 청춘의 호화로운 꿈이 청홍색 네온을 따라 명멸하고 '오란다', '호루사도'—'엑쏘틱'한 것을 즐기는 근대인의—그러나 한 개의 조고만 환상의 고향이 성에 녹아 맑어진 차창을 스친다.
불꺼진 삼중정三中井—아아 이것은 최후의 날을 경험한 폼페이의 폐허 인가. 저안에는 지금 푸랑켄슈타인의 전율할만한 괴기가 캄캄한 진열장 사이사이에서 난무하고 잇슬지도 모른다.[18]

환락적 분위기 속에 마멸적 징후가 있다(④). 정체가 의심스러운 이런 퇴폐적 징후는 대륙의 생명서정의 낭만성과 대립된다. 당시 신경은 일본의 새로운 제국의 수도다. '新京 特別市'란 이름을 짓고, 넓은 길을 닦고, 돌로 국무원을 세우고, 넓은 지하도까지 만들었다. 대륙점령의 야망을 실현하기 위함이다. 그런데 윗글 행간에는 이런 정서를 허무는 어떤 우울 증세가 엿보인다. 캄캄한 밤을 밝히는 네온사인 속에 떠오르는 고향이 단순한 환상이 아니다. 검은 이미지와 호응을 이루고 있는 세기말적 이국정조다.

신영철은 『반도사화와 낙토만주』의 편집장으로 활동할 만큼 현실 영합적이었지만 그의 수필은 그런 사정과는 조금 거리가 있다. 그의 수필 행간에는 약하나 조선인들의 은밀한 정신이 내재되어 있다. 현실과 거리를 둔 낭만적 정감이 우리에게 위안을 준다. 이런 작가의식은『만주조선문예선』을 편집하면서 고려유신의 절의가와 조선조 충신의 시조를

---

18) 박팔양(김여수), 「밤 신경의 인상」, 같은 책, 95쪽.

신고, 시사성이 약한 서정, 서경문을 모아 책을 만든 태도에서도 나타난다. 편집자의 고의성이 내 비친다.

3.2. 민족의 심상공간

『만주조선문예선』에는 기행수필이 많다. 최남선의 「천산유기」1·2, 「백작제 반일」, 염상섭의 「우중 행로기」, 함석창의 「길림 영춘기」1·2, 「감자의 기억」, 신영철의 「남만평야의 아침」 등 8편이다. 이 밖에 김조규의 「백묵탑 서장」, 박팔양의 「밤 신경의 인상」에도 여행모티프가 서사의 중심에 서 있다. 그런데 이런 글의 특징은 여행모티프가 모두 민족정서 호출로 활용되고 있는 점이다. 이중 최남선의 「천산유기」1·2와 함석창의 「길림 영춘기」1·2를 통해 이 문제를 고찰해 보겠다.

① 거기 화강암의 풍화를 말미암는 괴석미가 잇고, 울창한 송림 풍뢰음이 잇고 장곡과 청계가 잇고, 난암과 용자가 잇서 풍경 구성의 요소가 꼭 우리의 고토와 틀림이 업다. 그래서 생면이 아니라 구식과 갓다. 웨 그런고하고 삷혀보니 여기까지의 동학洞壑은 마치 도봉산의 입구와 비슷하고 이우에서 나려다보는 계곡은 흡사히 소장산의 벽연암 전면과 갓다. 만주에서 조선 산천의 풍경을 맛보기를 길림의 송화강에서 한번하고, 동녕의 만록구에서 두 번 하얏다. 이제 천산에서 가치 금수강산 그대로를 대해보기는 일즉이 경험도 업고 또 이 뒤에 거듭하기를 기필치 못할 듯 하다.[19)]

② 천산을 모두 구경하얏다고 하기는 좀 염체업다. 그러나 그 초입의

---

19) 최남선, 「천산유기」1, 같은 책, 45쪽.

작은 한 모퉁이를 밟은것 만으로도 천산이 경관으로나 역사로나 완전히 조선의 일부임을 알게 된 것은 이번 길의 소득이다[20].

③ 나는 송화강의 개빙開氷을 처음 구경하엿거니와 그 상황이 실로 폭탄적 행진이요 운동이엿다. 전날까지 인마가 걸어 다니는 구든 어름이 하루 아츰에 군대군대 물비츨 보엿다. 그것은 마치 시기도래를 기다리던 뭇 지사가 곳곳에서 봉화를 들고 이러서는 듯한 심상치 안흔 기세엿다. …(중략)…

마치 어적게 봉화를 들고 각 곳에서 이러난 지사의 마음이 서로 묵연黙然한가운대서 환호히 상통하야 논의를 기다릴새도 업시 가튼 목표에 돌격하는 그러한 기세이엇다.[21]

④ 이리하야 송화강은 풀렷지만 일기는 아직 냉냉하다. 몇 번이나 취설吹雪까지 거듭하야 간혹 바람업는 날은 강변을 배회함도 정취업는 일은 아니엇다. 그러나 대개는 겨울과 가튼 추운날이 계속하엿고 봄을 기다리는 내 마음은 의연히 충족을 느끼지 못하엿다. 나는 이때쯤 고향의 버들가지 보드라운 회색 꼬리를 생각했다. 아지랑이 흐느적거리는 산비탈에 진달래가 이팔소녀의 젓부리 같은 봉오리를 터뜨리는 것, 망울망울 움이 틀 꽃가지, 양지쪽에 고개 숙으린 안즌방이 꽂치 웃고 잇슬 것을 눈아페 그렷다. 당시唐詩 장경충張敬忠의 「변사邊詞」를 입속에 중얼대군 하엿다[22].

인용 ①에서는 두 개의 숭고崇高가 하나로 결합한다. 천산과 도봉산이 합해지면서 민족의 근원이 천산에서 확인된다. 최남선은 건국대학

20) 최남선, 「千山遊記」2, 같은 책, 52면.
21) 함석창, 「吉林迎春記」1, 같은 책, 24면.
22) 함석창 「吉林迎春記」2, 같은 책, 25~26면.

강의록으로 작성한 「만몽문화」(1941.6)는 일본과 조선이 일체가 되는듯 하면서도 충돌하게 하는 글쓰기였다[23]. 그가 기행문을 통하여 조선의 고대정신을 도도한 강론으로 해석한 것은 「풍악기유」(1924)에서부터였다. 「천산유기」에서는 만주에 대한 찬양이 조선의 산에 대한 찬양과 함께 이뤄지고 있다. 이것은 동방문화의 근원을 단군에서 발견하려한 불함문화(pankan)의 그 의식에 다름 아니다. 최남선은 천산을 보면서 그 타자를 통해 주체를 발견하려 한다. 어떤 초조함이 엿보이긴 한다. 그러나 타자의 공간을 자신의 판단에 따라 끌어들이는 자세는 그의 초기 기행수필과 다르지 않다. 일제의 사학에 맞서 신화학적 접근을 통해 단군의 실체를 주장함으로써 조선의 역사를 살리려 한 불함문화의 그 정신이다. 특히 인용 ②에서 '천산이 경관으로나 역사로나 완전히 조선의 일부임을 실증하였다'라는 진술은 만주 조선인을 2등국민(공민)으로 해석하는[24] 시각과는 거리가 있다. 최남선의 경우는 민족의 심상공간에서 그 동일성을 발견하기 때문이다.

③은 여행의 속성이 잘 드러나는 글이다. 여행이란 익숙한 존재와 세계로부터 낯선 공간과 시간 속으로 들어가는 행위다. 친숙한 일상의 안에 있을 때와는 다른 사람과 자연을 만나면서 새로운 긴장과 정서의 변화를 경험하는 것이 여행이다. ③은 이런 심리를 정확하게 잡아낸다. 거대한 얼음덩어리가 녹아내리는 광경을 바라보면서 새로운 것에 대한 호기심과 놀라움이 자연미의 권화로서 형상화된다. 시대의식과 접속되는 갈등도 없고, 민족의 신화도 불러오지 않는다. 그러나 함석창의 작

---

23) 조현설, <만주의 신화와 근대적 담론구성>, <근대의 문화지리, 동아시아 속의 만주> 2007.2.2. 동국대, 한국문학연구소. 제26차 학술대회 발표집. 8면.
24) 윤휘탁, 「만주국의 고등국(공)민 그 허상과 실상」, 『역사학보』, 제169집. 2001.

가의식은 최남선과 동일하다. 우연한 일치라 더욱 의미가 깊다.

④는 상춘의 환희가 전편을 메우는 서정수필이다. 변새에서 맞는 봄이라 더디지만 그 봄은 내 고향의 봄을 떠올리게 한다. 심미적 눈이 장충경의 시를 통해 압축되어 있다. 낯선 존재가 도래하는 기운 때문이다. 시대적 고민으로부터 벗어나 있다는 점에서 ①, ②의 작가의식과 동일한 심상공간이라 하겠다.

3.3. 탄생과 민족몰락의 이중지대

『만주조선문예선』의 수필 「독서」, 「천산유기」1·2, 「백작제 반일」, 「사변과 교육」 5편은 최남선의 친일 행위의 틈새에 끼여 있다[25]. 이 작품들은 최남선이 민족주의를 고창하다가 만주로 간 이후부터 적극적 친일로 진입하기 직전의 시기에 발표되었다. 「백작제 반일」은 대련의 백작제百爵齊를 방문하고 거기 소장된 중국의 역대 명인 필적과 장서에 대한 감상이다. 최남선 특유의 과장된 수사가 전편을 메우고 있지만 「천

---

25) 최남선은 1919년에 3·1 독립선언문을 기초하고, 1922년에는 『동명』을 창간하여 민족주의 사상을 고취했고, 1926년에는 기행수필 「백두산 근참기」를 쓰면서 민족혼을 조선의 자연에서 찾으면서 민족주의 담론을 숭고미로까지 이끌어 내었다. 그러나 중추원참의를 그만두고 『만몽일보사』 고문에 취임하여 신경으로 간 1938년 4월 이후 그의 사상은 달라지기 시작했고, 1939년 만주건국대학 교수로 취임하면서 내놓은 「동방 고민족의 신성관념에 대하여」(東方古民族 ノ 神聖觀念ニ ツ イ チ)에 오면 만주국 성립의 문화사적 당위성을 밝혀 만주국이라는 도의국가의 새로운 문화건설에 이바지하는 명예로운 의무를 다하려는 취지에서 완성된 「滿蒙文化」(1941.6)와 동일한 이데올로기가 나타난다. 그러나 이들 논문에는 그가 단군을 통해 시도했던 조선학을 정점을 지향하고 있다는 점에서 우리의 주목에 값한다. 이런 결과인지 확인할 방법은 없지만 그가 노골적으로 친일행각을 벌린 것은 만주에서 돌아온 이후인 1943년 학병입대 권유부터이다.

산유기」와는 톤(tone)이 다르다.

「사변과 교육」에서는 이런 이질성이 더욱 뚜렷하게 나타난다. 이 글은 만주사변(1931)을 성전이라 표현한다. 최남선은 만주사변의 의미와 그것에 대한 정당성을 말하고, 이것을 후세들에게 교육해야 한다고 주장한다. 최남선의 변용이 믿어지지 않는 논리에 기대고 있다.

「독서」는 모든 관념으로부터 떠나 있다. 최남선은 자신의 독서가 허망한 이 세계에 진실충족의 행위라고 말한다. 그래서 관념과 역사와 시대로부터 분리를 선언한다. 자연을 보면서도 역사와 시대를 생각하던 「천산유기」와 다를 뿐 아니라 「사변과 교육」에 나타나던 시대 영합적 논리비약도 거의 나타나지 않는다.

우리의 관심에 호응하는 이런 시대와 거리를 둔 작가의식이 염상섭에게서도 나타난다. 성향이 전혀 다른 두 문인의 이런 공통점은 그 의미하는 바가 크다. 당시 염상섭은 「만선일보」 편집국장을 그만두고 안동에서 회사 일에 종사하고 있었지만 그는 여전히 간도의 망명문단에서 존경받는 리얼리스트의 자리에 서 있었기 때문이다.[26]

염상섭의 「우중행로기」의 공간적 배경은 만주도 아니고, 그렇다고 시간적 배경이 1940년대인 것도 아니다. 어린 시절 비가 억수같이 퍼붓는 날 형님과 김천으로 여행을 갔던 일을 회상하고 있다. 이 기행수필은 당시의 만주사정과는 아무 관계가 없다. 최남선의 「독서」의 색깔 없는 작가의식과 동일하다. 심상지리의 배경 역시 제국 탄생과 민족몰락의 이중지대이다. 새로운 제국의 탄생도 민족의 몰락도 무심한 채 전혀 다른 문제를 글감으로 삼고 있다.

---

26) 안수길, 『명아주 한 포기』(문예창작사, 1977). 256, 259쪽

이런 점이 김조규의 「백묵탑 서장」에서는 더욱 특징적으로 나타난다.

① 밤이 새도록 누님이 비탄의 지붕밋테서 홀로 최군의 귀환을 기다릴터이니 오늘밤으로 돌아가야 하겟다는 것이엇다. 꽁지 지폐 몃 장을 꼬기여 포켓 속에 너흔 최군의 마지막 인사를 나는 메이는 가슴으로 받엇다. 저녁바람이 유달리 싸늘한데 학모를 푹 눌러 쓴 최군의 무거운 그림자는 몃번인가 다시 드러와 보지 못할 교문을 돌아보며 돌아보며 황혼 속으로 살아젓다. 오십리 시골길을 밤을 헤치고 홀로 걸어갈 최군과 빈 방안에 홀로 안저 밤새 불안과 공포에 싸혀 최군의 발자욱 소리를 기다릴 최군의 누이와…27)

② 그후 최군의 소식은 묘연하엿고 나도 또한 집무에 거의 최군의 기억을 이저버린 듯 하엿을 때, 바로 이 며칠전 최군의 달필인 편지를 바덧다. 동경에서엿다. 여산餘産을 정리하여 일년 남으면 졸업할 누님 학비學費로 하엿고, 곳 도동渡東하여 지금 새벽마다 낫선 객지의 거리와 골목을 신문방울을 울리면서 뛰어다닌다는 것과 ..(중략)...죽는 한이 잇서도 성공하고야 말겟다는 결의엿다.
일른 봄 항혼 속으로 돌아간 최군의 무거운 그림자에 비하여 배달방울을 흔들며 골목과 거리를 닷는 최군의 그림자가 얼마나 희망과 의욕에 빗나는지! 28)

①의 배경은 만주이고, ②의 배경은 동경이다. ①에 나타난 최군은 절망적인데 ②에서는 희망에 차 있다. ①의 시간적 배경은 황혼인데

---

27) 신영철편, 『만주조선문예선』, 조선문예사, 82~83쪽.
28) 신영철, 같은 책, 83~84쪽.

②는 새벽이다. ①은 불안한데 ②는 안정되어있다. 서술자 '나'는 ①과 ②의 중간에서 양쪽을 다 체험하고 있다.

이런 사건이 문제가 되는 것은 최군이 ①에서 탈출하여 ②로 갔다는 사실이다. 식민지의 외곽에서 식민지를 경영하는 중심부로 진입하였다. '뼈가 갈리어 죽는 한이 있어도 성공 하겠다'는 각오다. 최군의 성공은 결과적으로 무엇을 의미하는가? 그리고 이런 최군이 출세하기를 기대하는 선생의 마음은 어떤 의미를 지니는가?

김조규는 1932년 『신동아』에 시를 발표하면서 문단에 나왔다. 순문학파 『단층』의 동인이었지만 카프(KAPF)계의 시인 임화林和와 친하였다. 숭실중학 시절에는 광주학생사건에 연루되어 투옥 당한 바도 있다. 이런 시인의 이력으로 보았을 때 「백묵탑 서장」의 갈등 없는 현실수용 자세는 이 시인의 근본성향과 다르다. 현실에 대한 분노 대신 감상적 반응만 보인다. 그러나 만주에 신생제국이 탄생하였으니 새로운 세계가 열릴 것이라는 그 시절 그 땅에 흘러넘치던 시대 영합의 수사가 조금도 나타나지 않는다. 식민과 피식민의 대립에서 떠난 현실이 사실적으로 묘사되고 있다. 절망적 현실 속에 패대기쳐졌던 한 젊은이가 겨우 소생하고 있다. 이런 현실 극복 예고의 서사는 탄생과 몰락을 함께 목도하는 이중지대에 작가가 서 있기에 가능하다. 감상으로 호도된 현실이 사실은 분노와 슬픔의 다른 얼굴이다.

사정이 이러하지만 수필이 현실에 근거한 글이란 것을 염두에 둘 때 우리는 이 글의 작자에게 어떤 주문도 할 수 없다. 그것은 이상에 대한 막연한 제안으로 그 시대 이방異邦의 통치논리를 재단하려는 행위이기 때문이며, 또한 그 행위란 것이 당시의 엄혹한 현실을 관념적으로 이해

하는 후세사람의 잣대에 불과하기 때문이다.

4. 마무리

1940년대 만주 조선인 문학은 그 동안 여러 가지 각도에서 고찰되어 왔다. 그러나 재만조선인 수필에 대한 고찰은 아직 이루어진 바가 없다.

이 글은 1940년대 초기 만주 조선인의 사정을 수필문학 갈래에서 점검할 수 있는 희귀한 자료『만주조선문예선』에 대한 고찰이었다. 그 결과를 정리하면 다음과 같다.

첫째, 서정수필로서의 문학적 성취이다. 당시문학의 대체적인 경향은 조선의 현실에서 떠나 동아시아적인 문제로 확산되어 갔다. 그러나『만주조선문예선』에 수록된 대부분의 수필은 민족주의적 담론이 결과적으로 약화될 수밖에 없었던 그러한 사정을 오히려 해체시키고 있음이 드러났다. 그 결과 망명성의 이민문학이 수필에서도 형성되는 것을 확인했다.

둘째, 최남선의「천산유기」1·2로 대표되는 기행수필은 단군을 통해 조선적인 것을 내세우려한「불함문화론」과 동일한 심상공간에 작가의식이 서 있음이 드러났다. 최남선의 현실영합적 자세와는 다르게 수필의 내포는 만주와 조선을 병치시키면서 조선의 정체성을 중시하는 도구로서 자연을 호출하고 있기 때문이다.

셋째, 신생제국 만주국이 탄생되는 바로 그 현장에서 취재된 작품들이지만 대부분의 작품이 사상과 관념이 사상捨象·abstraction된 현실을 사실적으로 묘사하고 있다. 김조규의 「백묵탑 서장」이 좋은 예이다. 이런 특징은 당시의 만주 조선이 처해 있던 '탄생과 몰락'에 대한 분노와 슬픔의 문학적 반응이라는 점에서 우리의 관심에 값한다.

최남선의 수필을 그의 초기 기행수필과 대비 고찰하여 이상의 논의를 더욱 심화시키는 작업은 다음 과제로 남겨둔다.

자 료 편

여기서부터는 원문 자료를 인쇄한 부분입니다.
이 책의 맨 뒷 페이지부터 보시기 바랍니다

오　新京　新京의 밤

나의 마음에 太象된 한개 靈感的인 美麗한 色彩의 風景画 그리고 그들

의 奇異한 事實을 燈불아래서 繡놋는 幻想的인 나의 都市.

아아 나는 이밤에 樂聖 "베—토벤" 의 "문라일쏘나타" 라도 듯고싶다

나는 이 都市의 宿命的인 한개의 奇異한 밤이야기를 가슴속에 깨그시간

지하여 두어도 조라

—了—

거리를 疾走한다 아마 이머로 快速力으로 疾走한다면 停車場正面玄關에가

보기조케 衝突하기도 모른다

◇

그러나 이는 나의 부끄러운 幻覺의 世界 나는 이밤이 마치 나의 故鄕

山아래를 맑게 흐르는 시내물과 가치 꼬요히 그리고 金빛노을진 夕陽들에

하가로히 두러누은 소와도 가치 平和롭게 기꺼가기를 新願한다

그리고 이밤에 市民의 위에 小說과 가치 香氣롭고 甘美한 "스토리"가

展開되기를 心祝한다

◇

幸福 幸福 그러타 無條件한 幸福아— 나의사랑하는 市民의 위에 恩惠

로운 날개를 슬거파 가치 펴거라 善惡과 利害를 따지는것은 人間의 奸智

俗物의論理

素朴한 사람들의 純情과 情熱만을 사랑하고싶다

有名한 "모스코-의 밤"이아니다 그리고 "끈里의밤"이아니다 "로마의

밤"이아니라 賣秋은하나 新鮮한 "우리新京의밤"이 이제 바야흐로 기퍼

간다

◇

오 新京 新京의밤

그리고 내가 본 최면체 하며 또 왜 벼란간 速力을 내어 다름박질을 하

는고? (그러나 運轉手는 우리 同胞일지도 모른다)

◇

二十分만에 온 3號線뻐스 愚鈍한 양도야지 궁둥이가 몹시 무거웁다

車안에는 中年婦人이 나의 마즌편에 안고 그리

고는 運轉手 車掌―네食口가 乘用自動車로는 體軀가 過度히 巨大하다

꼬리가 무거운 궁둥이를 흔들며 도야지가 울룰거리며 다라난다

◇

◇

◇

"몬테카르로" 靑春의 豪華로운 꿈이 靑紅色 "네온"을 따라 明滅하고

"오란다" "후루사도"― "억쏘릭"한것을 즐기는 近代人의―그러나 한個

의 조고만 幻想의 故鄕이 엄베록아 맑어진 車窓을 스치다

불꺼진 "三中井"―아아 이것은 最後의 날을 經驗한 "폼페이"의 廢墟

에가 저안에는 지금 푸랑궨슈라인 "의 戰慄한만한 怪奇가 참 한 陳列場

사이사이에서 乱舞하고 잇슬지도 모른다.

武裝한 中世紀의 城郭―康德会舘 그리고 또 무엇무엇.3號線은 幻想의

九五

二五 밤 新京의 印象

朴 八 陽

興安大路에는 밤열시인데 行人하나 업다 별들은 지금 무슨 燦爛한 饗宴

을 하는가? 참豪華로운 하늘이다 나는 지금 決코 심심하지가 안타 별들

이 동네집 아이들과 가치 天眞스럽게 哄笑하며 나를 微笑하도록 揶揄도 하

고 戱弄도 하야주는 까닭일가? 어떠튼 나는 寂々함을 느끼고 잇지는 안

타

이러한 밤에 나는 나의 工耳其帽를 삣덕하게 쓰고 마도로스 파잎″에

담배한대를 피어물고 제법 孤獨하다는 人生의 旅情을 코스모포리탄々처럼 享

樂하고도 싶다

밤바람아 나의 외투자락에 와서 무슨작난을 하는가? 나는 粉紅치마긴ㅡ

아가씨가 아닌것을。여기는 曠野 그리고 도 겨울의 한밤 그러나 내가 입

은 衣裳에는 슬푸게 퍼덕일날 아모것도 업는것을

『空車』라고 빨가케 標부친 小型펀지ㅡ야 너는 왜 나의 아페 와서는

그다지 徐行을 하면서 나를 보는고? 나는 速力을 取締하는 交通巡査도

乾隆三年)이다 이 原刻本을 中心으로 嘉慶年版本 또는 其他各地에서 數次로

翻刻을 한것도 잇게 되엿다

이外에 또한가지 注意할것은 高宗二十七年(光緒十六年)에 乾隆原刻本의

錯誤가 만허서 讀書하기에 不便하다는 理由로 日本의 原刻本에 依하야 上海

에서 覆版刊行싸지 하게 되엿다

이와가치 東医宝鑑이 日本과 淸國에서 各時代 各地方을 싸라 數次로 翻

刻되어 國外에까지 그의 聲价를 發揚하게 되엿다 支那의 医籍으로 日本이나

朝鮮에서 翻刻된것은 勿論累數이나 그러나 東医宝鑑과가치 朝鮮의 原版으로

日本에서 翻刻을 하며 朝鮮의 原版으로 淸國에서 翻刻을 하며 또는 日本의

刻本으로 淸國에서 覆版싸지 刊行되 四角的関係를 가진 医籍은 오직 近世 朝

鮮의 傑作인 東医宝鑑에 限할것이다 日本이나 支那의 医籍中에는 本書와

가튼 光彩잇고 興味만흔 四角的関係의 交涉을 가진 医籍은 하나도 엄슬것이

다 朝鮮文化史上에 가장자랑할 事蹟이 됫것은 勿論이려니와 東洋文化交涉史

上에 光彩잇는 重大한 使命을 發揮한것을 特書하랴는 것이다

第二 東邦各國의 版本 一、朝鮮原版本 三、日本享保年原刻本 三、清國乾隆年

原刻本 四、日本原刻本清國光緒年覆版本

朝鮮의 原版은 本書가 完成된후 二年을 지난 光海君 五年(西紀一六一三)에

官命으로 內医院에서 發行을 하야 中外에 廣布하였는데 이것이 곳 우리를

의 말하는 內閣版原本이며 그후 約二百年을 經過하야 純祖十四年에 慶尙

全羅 両道에서 重刊을 하였은터 이것이 現在 鄕間에 君數히 傳하는 嶺南版及

胡南版이다

日本의 原刻版은 朝鮮原版이 發刊된뒤 百十二年을 지난 景宗四年(享保九

年)에 官命으로 医官源元通에게 訓訂을 加하야 京都書林에서 發刊을 하였

스나 本書가 日本에 輸入되기는 內閣原本이 刊行된뒤 五十年을 經過

한 顯宗三年三月(寬文二年)에 差使의 懇請으로 日本에 攜帶하기를 承諾하

였스며 原刻本이 發行된뒤 七十六年을 지난 正祖二十三年(寬政十一年)에

大阪書林에서 再版까지 發行한것도 있섯다

清國의 原刻本은 日本보다 四十年을 뒤저서 英祖四十九年(乾隆二十八年)에

順德左翰文이 三百餘緍의 費用으로 原刻刊行을 하였스나 實로 本書가 淸國

에 輸入되기는 本國內閣原本版이 刊行된후 百二十六年을 經過한 英祖十四年(

는 것 寒冷의 派에 屬하는 것 攻下의 法을 主로 하는 것 漢代의 古人 學說만

篤信하는 것 또는 古來의 經驗妙方만 坡羅寒成하야 各派別 所屬에 對한 理論

과 秘法의 特色이 있는 医籍은 不少하엿스나 本書와 가치 古今을 參酌하야 從

來各時代各派屬의 長短을 取捨하며 內外雜病等 五大綱領을 區別하야 無数의

疾病을 條目類列하며 自說과 他說을 確實히 分別하야 臆斷과 想像을 回避하

고 引書의 正確을 表示하야 學究의 態度를 鮮明히 한 医籍은 当時 東邦 各

國의 医書中 稀有의 珍品이겨 唯一의 傑作이다 本書의 整頓된 体裁와 深

究한 學理와 主確한 辯證과 神妙한 驗方은 實로 当時医術의 精神을 類聚한

医學의 集大成이라 하여도 過言이 아닐것이다 日本의 本書原刻本에 大學頭

藤原의 序文에도 「古今의 象說을 如察諸掌이라 此書行則百姓之疾病이 得免於死

亡而衛生之道大補於後世」라고 讚揚을 하엿스며 自說을 誇張하고 他說을 輕蔑

하는 順向이 만흔 過去支那學者라도 東医寶鑑에는 어찌宦수 업섯든지 本書

의 秘密에 依藏되며 世人의 罕見을 既嘆히 생각하야 私費로 版刻傳布한 本書

順癒元翰文에 對此하야 「天下之寶를 当與天下 共之하니 左君之仁이 大矣」과

고하야 本書를 当時天下의 至宝로 補須를 하엿다

九一

찬기운 새여들어 잠든 梅花를 침노한다

아모리 얼구려 허에들 봄뜻이야 앗올소냐

二四、文化史上의 東医寶鑑

金 斗 鐘

近世朝鮮의 産出인 医籍中에 東医寶鑑이 가장有名하게되 그의 根本原因은

第一은 東医寶鑑自体内容에 對한것이며 第二는 東医寶鑑의 東方各國印版에

對한것이다

第一東医寶鑑自体内容에 對한것을 簡單히 説明하며 宣祖廿九年(西紀一五九

七年)으로부터 光海君三年까지 十六年間 陽平君御医許浚의 不朽의 努力으로

古今의 内外医籍을 蒐集하야 内景(内科) 外形(外科) 雜病 湯液 針灸等五

分科에 나누어 編成한것이 本書의 引用書籍은 漢唐宋元明時代의 重要

한것이 八十三部요 本國의 医籍이 三部이다 이와가치 參考한 八十六部医籍

金裕器

丈夫로 삼겨나서 立身揚名 못찰진면
찰하로 다떨치고 일없이 늙으리라
이밧거 碌碌한 營爲에 걸이걸술 잇이라

趙明履

城津에 밤이깁고 大海에 물을결게
客店 孤燈에 故鄉이 千里로다
이제는 磨天嶺 넘엇스니 생각핸들 어이리

李尋輔

菊花는 무슨일로 三月東風 다보내고
落木 寒天에 너혼자 피엿나니
아마도 傲霜孤節은 너뿐인가 하노라

安玟英

바람이 눈을모라 山窓을 보드치니

二三、古時調

月山大君 婷

秋江에 밤이 드니 물ㅅ결이 차노매라
낙시 드리우니 고기 아니 무노매라
無心한 달빛만 싯고 뷘배 도로 오노라

張 炫

鴨綠江 해진 날에 어엽븐 우리님이
燕雲万里를 어듸라고 가시는고
봄풀이 푸르고 푸르거든 即時 도라 오소서

朱義植

하늘이 놉다하고 발져겨 서지 말며
ㅼ히 두텁다고 마이 밟지 마올것이
하늘ㅼ 놉고 두려워도 내 操心을 하리라

문제되는 것이 잇지만 만주건국이 후 협화회의 노력으로 근일은 만히 명랑

화하야간다는것도 우연이 봉황성에서 승차하신 이곳권오준 (權五埈) 씨에게서

드럿습니다

온천의 명지로 남만에 일홈노픈 오룡배 (五龍背) 역울 지나 안동현이 가까

위울사록 가울의 들꼿치 난만히 피중에도 하늘 ~ 처녀의 옷고름파도 가

치가낼피 나붓기는 새피촌 열마나 부드러우며 콩밧머리논속위에 하야케

피일 모렬꼿도 민요롤 읽는것이나 마찬가지인듯 함니다

무논속으로 하연옷을 입은 조선소녀 두엇이 아렷도리를 거더부치고 고무신

을손에들고 거러가며 도란 ~ 이야기하는 광경 철마밋 시넛가에 노랑

거고리 분홍치마 입은 조선각시 와 씩시가 쌜래방맹이롤 드럿다 노앗다

하는 풍경은 누가 만주롤 멀다 하리까 정녕이 조선은 가까워 오는것임니

다.

山사이에서 흘러나오는 물이 내가 되고 나루가 되어 조그만 거르쟁이배가

한가이 떠잇는 곳도 잇스며 조그만 아이들이 떼를 지어 물작난하는 곳도 잇

섯습니다 지나는 역마다 정거장역내(域內)에 모닥모닥 각구은 화초가 가

지각색으로 펴젓도 일형의 눈을 즐겁게 하엿지만 들판 산언덕 원홀우를

야생화가 제멋대로 피어널려 손을 너밀면 잡을듯한 그 광경도 넓고 거츨기

만해 광야지대에서 사는 분들에게는 쓰한 눈에 설치안혼 광경이엇습니다。

더구나 님매(南坟)라는 곳을 지나면서부러는 山에 포기포기 조그만 나무에

울긋불긋 단풍이 들고 山미련 조밧 조밧사이에 농가가 까어잇스며 가을

시집온 낙엽송도 새이새이 심겨잇는데 하늘도 맑고 기운도 상쾌한 가을

날세와 아울러 만주에도 이런 경개가 잇나 하는데 다가치 기이한 눈을

던지기도 하엿습니다

봉황성(鳳凰城) 근처부러는 조선사람으로서 하새도 이저버릴수 업는 쌀짓는

논이 만히 보엿습니다 록용작물 당배재배가 이부근 일대의 큰산물이엇스나

그도 가격통제가 공정설시되면서부러는 수지(收支)의 수판이 안마저서 근

넌에는 경작자가 작고 준다는 것파 또 봉황성파 〈高麗門〉 지방에는 옛날양

반이 만히 살기썌문에 배타적사상이 상당이 서어 조선개척민파도 잇다곰

전시취제하 물자절약의 바람이 이번또속에도 부려 드러오고 동아서량져책에

단열심 스무섬의 쌀이라도 만드러 낸다르것은 국매중 특히 선계국민으로

서의 임무와 명예가 크다는 첫를 새삼스려이 역석하는듯 하엿습니다

물맑은 혼하 （渾河） 첫과 워를 지나 풍엽기머화하야가는 소가둔 （蘇家屯） 을

지나 하나둘 조그만 역을 게처노코 화련채 （火連寨） 으로부터 본게호 （本溪

湖） 가는 동안에는 제법 산도 잇고 물도 잇스며 맑은 내뭘도 흐르고 잇

서 어느듯 만주의 넙다란 별판을 이저버리고 산곰고 물맑은 조선을 연상

케하엿습니다

더우기 본게호를 지나면서부회는 멀리 가까이 산이 노프락 나지락 연해

잇기도하고 혹은 천편이 나누어도 잇스며 가다가는 그러케

놉지는 안흐나 산연독을 싹가버끼고 절벽미트로 기차가 지나가는 곳도 잇섯습

니다 피이한 바위가 웅긋중긋 사기도 하고 자갈돌이 지절편편이 깔닌곳도

잇섯 니다 파아란 채마전이 촌락 가운데 잇는 가하면 노오란 조발이 산미트로

연하기도 하얏습니다 어느풋에는 나즌 산쑥머기까지 바를 벌고 가진 전

꼭을 심어 남만 — 데에는 벌서 경지 （耕地） 가 모화상태 （餧和狀態） 에 잇다

는 것을 암시 （暗示） 허주고 잇기도 하엿습니다

八五

다려 보기로 하겟다

二二 南滿平野의아침

申瑩澈

十月二十一日밤十一時十三分、신경역을 떠난 우리一행은 비좁고 시끄러운

객차안에서 하로밤을 새고 여러사람이 잠을 잣는지 꿈을 꾸엇는지 하여간

호석머(虎石臺)라는 조그마한 정거장에 다헛슬때에는 동쪽의 새벼하늘이

훤—이 열리기 시작하엿슴니다 잉크콜 너엇줄 가로 직직 그어논드

시—으슥프레하햇슴니다 나직나직한 산고림자도 멀니서 보이고 연선(沿線)가

의거릇거릇한 나무포기도 일홈은 모로겟스나 어둑어둑한 새벼빗속에포기포

기지나갓슴니다 봉천역에서 열몃시二十五分발의 부산행렬차와 바꾸어 탓슬

때에는 아침해가 이미 올랏스나 서늘한 기운은 몸을 옹숭헛슴니다

아첨벤또라고 사가지고 보니 하아연 쌀밥에 일본반찬이 담겨잇든것은 옛

날이야기 가렷슴니다

그래모 자기비손으로 농사를 지어 아직껏 쌀밥을 머어오든 一행은 비로소

그림자는 멋번인가 다시 드려와 보지 못할 校门을 돌아보며 돌아보며 黃昏

속으로 살아젔다 五十里 시골길을 밤을 헤치고 홀로 걸어갈 崔君과 밤방

안에 홀로앉어 밤새 不安과 恐怖에 싸혀 崔君의 발자욱소리를 기다릴 崔

君의 누이와……나는 들窓밖 어두워지려는 風景을 정신없시 바라보며 不幸

한 崔君의 前途의 多幸을 빌엇다

그후 崔君의 消息은 渺然하엿고 나도 또한 雜務에 거의 崔君의 記憶을

아저버린듯 하엿슬새 바로 이며칠前 崔君의 達筆인 편지를 바덧다 東京에

서잇다 餘暇을 整理하여 一年남으면 卒業할 누님學費로 하엿고 곳渡東하며

지금 새벽마다 낫선 客地의 거리와 골목을 新聞방울을 올리면서 뛰어다닌

다는것과 某中學校三學年에 編入하엿스니 急速所見表를 보내달라는것과 쌔가

갈리어 죽는 恨이 잇서도 成功하고야 말겟다는 決意와……

년은봄 黃昏속으로 돌아간 崔君의 무거은 그림자에 比하여 配達방울을

혼들며 꿀목과 거리를 닷는 崔君의 그림자가 열마나 希望과 意欲에 빗나

는지?검은 安堵와 참세 어떤 叢書社 感情이 가슴에 쪄올음을 禁할수 업섯

다 허면 이제 우리 崔君의 健康과 뜻과 前途를 祝福하며 머언 앞날을 기

三三

「어떤 事情이 썽기엿느냐?」

나의 물음에

「아버지와 어머니가 연하여 돌아갓습니다。」

對答과 함께 눈물이 左右쌍

으로 주루루 흘으고 잇엇다。書類를 든 나와 崔君의 會話가 暫時 遮斷되

後君의 退學은 決定的임을 알엇다

兩親과 崔君과 現在 某高等女學校 在學中에 두살 위인 崔君의 누나가 한분

計四人이 崔君의 全家族이엇고 그러므로 兩親을 넌흔 崔君男妹의 不幸은

崔君自身도 아직 잇기침든 事實이라한다 勿論 이 異域에 近親이 잇슬理여

다 家産이란 적은 面積의 水田넓뿐 暗澹한 運命에 十餘日동안 울음에 지친

結論이 學校를 中斷하는 것이요 退學에 뒤달으로는 열마안되는 定期預金과

修學旅行積立金에 생각이 밋처 五十里시골길을 더듬어 왔다는 것이엿다 怊

怅과 同情을 버서난 어떤 切迫된 感情이엇다

郵政局執務時間이 넘엇스니 이튿날 다시 오기를 말하엿드니 밤이 새도록

누님이 悲嘆의 집웅밋레서 홀로 崔君의 歸還을 기다릴터이니 오늘밤으로

돌아가야 하겟다는 것이엿다 結局 會許主任의 代拂익便을 엇게하엿다 콩

지紙幣 멧장을 쓰기며 포켓속에 너흔 崔君의 마지막 人事를 나는 메이는 가

싯쒼이엇다 農學을 專攻하기엔 너머나 洗練된 얼골과 衣裝을 가진 新任博

物學敎師는 寂寞한 이 地區의 所感을 떨어 이야기하고 잇섯고 理化學敎師는

一年의 生活에서 어든 이 地域의 無智와 狡猾을 科學者다운 싸늘한 判斷으

로 非難하고 잇섯다 그리고 樹林과 色彩의 飢饉을 嘆息하든 나 세사람은

거의 共通된 상각으로 당뻬健氣를 피우며 모도 實習農場으로 나간 조용한

職員室의 午後를 이야기의 꼬초로 채우고 잇섯다

들窓박근 紅塵萬丈의 봄바람 면직 나는 이것을 李節의 遊劇이라 命名하

엿고 그러므로 또한 南方托信와 함께 저겨오는 이 李節에 反逆하는 바람속

에서 不似春王田君의 悲表를 同情한 날이 잇섯다 세사람의 이야기가

이 地帶로붓허 주름잡어 學校로 돌아오는 玄關出入에 對한 背律의 생

한名에게 세사람의 會話는 中斷되엿다 玄關을 열고 들어오는 學生

각이 번듯 머리에 떠올라 번저 . 學生은 내 앞에 서잇섯고 주머니베서 봉

투한장을 내어노앗다 退學願書엿다 署名을 보니 二學年 親和組 崔君 나의

健忘症은 署名속에서 비로소 글씨잘쓰고 成績조흔 崔君을 알엇고 또한

近一個月의 無届出連續缺席生 崔君임을 알엇다 별서 눈동자엔 눈물이 고여

잇섯고 창백한 얼골편 그런 宿命的의 絶望의 그림자가 잇섯다

八一

를 해아리고 南皇이라면 王勃의 寸草 長沙라면 賈誼의 抑鬱을 想起하는것

처럼 戰局의 報道를 그대로 史課化詩情化하는 敎育的效果를 붓잡을수 잇다

혹시 말하기를 戰局의 詩規은 砲煙彈雨에 死生을 라고잇는 勇士에게 심히

미안스러운 일이 아닐가 하겟지마는 支那大陸은 우리의 今後를 맛길 長期

建設의 일터로서 온갖機會를 관이하고 거기로의 關心을 굿세게

함은 도리혀 銃後任務의 意義잇는 一面인것을 말할수도 잇슬것이다

今次의 事變은 犧牲의 만흔것으로나 影響의 큰것으로나 무엇으로 생각해

서나 그效果를 온전하게 하야할것이다 온갖意味에서의 聖戰을 만들은 時局

人全體의 共通한 責任이다 이中에 잇서서도 그 敎育的意味 效果를 크고

크고 온전케함이 가장 根本的의 또 永久性의것이 아닐가를 우리는 다시금

생각하고 지낸다.

二 白墨塔序章

金朝奎

그날 職員室엔 赴任하여온지 몃철안된 博物學敎師와 나와 젊은 理學敎師

엇돌이 날로 蔑少縮俠하는 交通線上에서 외외로 새 「루트」를 開拓하여가면

서 近代의 文化와 世界의 呼吸을 峽雲棧雨넘어의 곳은 구석〜까지 吹噓

注入하기에 餘力을 남기지 아니하는것이 一面에 잇서서 어느것이 敎育的意

味를 帶有치 아니하얏다 하랴 머저 今次事變의 由來를 여러가지로 考論하

겟지마는 支那의 近代化하는것도 분명히 一命題임을 밧치낫는다 그런데 英

佛의 扶蔣에 依한 西南支那의 開發은 이部面에 잇는 두드러진 一階段이라

밧것이다

다시한번 도리켜서 생각하면 事變進行의 敎育的意味에 잇는 被敎育者는

決코 支那國民뿐도 아니다 꼬요히 事變의 表裏前後를 諦察홈으로써 國家의

隆替와 民族의 消長에 關한 歷史哲學 또 社會理論的觀感興起도 무론이어니

와 그 가장些少한 寄生的 一效果에 이러한것도 잇슬것이다

行의 新聞所敎를 보아서 잘진데 普通으로는 期待하기어려운 날마다 戰局進

理에 關한 再敎育이 곳히 印象的으로 自然成就하야야가며 支那大陸의 地

하 解說的文字를 通해서는 우리常識構成의 重要한 因地가 되야오는 支那歷史

万至文學의 知識과 밋感興이 나날이 時々로 再生 또 强化하여간다 南京이

陷落하얏다하면 大朝의 運廛을 생각하고 武漢이 失守하얏다하면 三鎭의 繁富

七九

今次의 日支事變으로 말하면 從前의 모든것과 아주 딴판이어서 戰線이

南北海陸數万里에 걸처 國都가 破壞되고 國土의 腹心이 攻略되고 經濟及交通

의 動脉이 죄다 絶斷되고 沿岸全部 모조리 封鎖되야서 門外一步의 出入이

自由를 얻지못하고서 一縷의 殘喘이 겨우 窮峽의 丸土에 감을 〈〈하니면

이 여기까지 이르고서야 아모리 무쇠神経의 그비라하기로서 時代에 對하

야 遮徹한 覺悟가 나지안는다는 수가 잇슬가 이번戰争은 여러번 日本政府의

声明한바와 가치 膺懲的이나 征服的의것이 아니다 진실로 膺懲을 為함이오

覚醒식이기 為함이니 분명한 事実이어니와 어데까지 真域의 大部分에 더한

鉄火의 洗禮는 이미 이 目的을 어지간히 到達하얏스리라고 나는 본다 그곳

눈물에 축인 사람의 처쪽 삶에 쓰라리기는 그 長夜의 昏愛을

꺼짐에는 이것이 도리켜 親切이오 母論이다 매란것은 따리기에도

힘드지마는 키여운 쥬룰 가르지켜하며 수교를 도라보지 않는것이다

처쪽을 正面으로 붓잡고 나선 日本의 敎訓은 무론이어니와 이번 事變의

敎育的意味는 日支直接의 사이에만 그치는 것도 아니다 順緣 逆緣 여러가지

로 近代世界의 모든 要素가 죄다 덤벼서 支那의 近代化에 貴重한 刺戟을

賦與하고 잇슴을 본다 '체코'의 軍器와 蘇聯의 飛行機와 英米佛의 무어무

二〇 事變과 教育

崔 南 善

戰爭이라하면 武力中心으로 생각함이 通例이지마는 그 關係의 部面과 影響

의 範圍는 無論 生活과 밋 文化의 全體에 걸처서 어느 무엇도 빠지는 것

이엄다 그럼으로 한 戰爭의 原因과 乃至 結果를 觀察함에는 모든 角度

로써 함을 要하며 또 어느 角度로 부터 써할지라도 거긔 相應한 事實을

꼬집어낼수 잇는것이다

이롤러면 이번 日支事變을 敎育的意味로써 觀察하는것 가틈이 그 一例이

다 支那는 世界에서도 比類가 업는 老大國인 同時에 四億이 넘는다는 그

國民은 그 歷史와 文化를 자랑하기에 尋常한 方法으로는 그

비롯 近代生活의 此岸으로 濟度해내다는 수가 업게생긴 群像이다 그러나 鴉

片戰爭언새 英法聯軍닐새 日淸戰役닐새 北淸事變닐새 乃至滿洲及上海닐새 하

야도 그것이다 一時局部的의 事件임에 그치고 하나도 國土의 心臟과 人

民의 腦筋을 잡아흐드는 根本的處斷넌것이 업섯슴으로써 그뎌그 一時의

難局만을 糊塗綢繆하고나면 唐慶自大의 氣習은 依然히 그천줄을 몰라왓섯다.

開拓民들의 이야기나 나올때마다 생각나는 것은 지금 그.이들은 어떠케지내고 잇슬가ㅂ 하는것이다. 開拓民과 나와의 因緣에 잇서서 四人班地方의 그 이들과 밤을 새워가며 이야기한 記憶은 나에게서 永遠히 사라지지 안흘것이다.

초로 버어주엇다 ´ 나는 이감자에 새삼스러히 農軍한氣分을 禁치못하엿다 아

한날의 감자가 우리손에 이와가치 드러오기까지에는 얼마마한 크나큰 人間

의 努力이 集積되엇는가? 다시 금荒蕪地의 開拓으로부터 生産 그리고 收穫에

이르기까지의 過程을 생각하야 보지안흘수 업섯다 아페 노인 감자가 無限히

貴여웟스며 無限한 感謝의 念이 끄러오르는 것을 이기지 못하엿다. 그리고

그 感謝의 念은 그머로 開拓民들에게 通하는듯 우리와 피를 나눈

同胞가운데 이와가치 大自然을 相對로 黙々히 開拓의 건을 것고 잇는

이들에 對하야 우리는 좀더 그들의 苦心을 알고 그들의 苦痛을 우리自身에

잇서 느끼는 境地에까지 이르지 안흐면 안되리라고 기피 느껫든 것이다

이러한 밤을 새우다가 主人은 끄트로 그婦人들은 죽기前에 한번 故鄕에

도라가 하달이고 두고서 善生이야기를 하고십다고들 참니다.

고 말하엿다 나는 開拓民을 서울 對하는 同時에 이와가치 印象깁흔 經驗

을 하엿든 것이다.

이째부터 벌서 四年이 經過하엿다 自信잇는 빗츠로 감자의 머점을 해주

면서도 아직 자리가 잡히지안허서 여러가지의 不便을 呼訴하든 그들生活도

내가 訪向한 四年前에 比하면 훨신 安定되어잇겟지— 그러나 오사이 잇다금

五五

차저준 一行에 對하야 無限한 반가움을 느끼 모양이 잇다 사람의 感情으로서

自己가 품고 잇는 喜怒哀樂의 感情을 呼訴할 相對者가 업다는 것처럼 쓸쓸하

것은 업슬것이다 기쁨이나 슬픔이 그다 이것을 表現하고 그 表現한것을

바다주는 사람이 잇슬써 비로소 그 기쁨과 슬픔은 眞正한 表現으로

되는 것이 아닌가? 一年以上을 荒凉한 自然만을 相對로하고 지내온 그이를

은 지금 그동안에 싸이엇든 苦生과 슬픔과 기쁨을 呼訴할 相對者를 發見

하야 無限한 기쁨을 느끼고 잇는 듯하엿다

어느 都落에서나 時間이 모자랄드시 이야기가 버려젓다 入植한 써 군데〃

에서 잇는 警備兵을 보고 얼마나 危險한곳을 가나?하고 무서워 헷든

이야기 메친동안을 列車에 흔들려온 老婆가 驛頭에 歡迎하야준 同胞를 붓

잡고 나이고 내子息아〃하며 눈물을 흘리며 기써하든 이야기 어름과 눈

우비서 家屋과 部落을 建設한 이야기 荒蕪地를 開墾한 이야기等이 잇섯다。

그리고 이것과 함께 現在生活에 對한 여러가지의 不便、여러가지의 不合理

한点 이러케 하는 希望等도 조끔도 辭讓함이 업시 말하야 주엇다。

어느밤은 기피가는 밤의 방참으로 쉬든감자 구은감자를 먹어가며 이야기

한분도 잇섯다 主人은 『이감자는 띄기서 生産한것입니다』하고 自信잇는 빗

ㄴㄴㅂ日虎뼈로 汪淸縣四人班地方바께는 가보기못하엿다。四人班地方이라는

것은 間佳線三金口에서 北쪽奧地로 드러가 約百二十里되는곳아지에 四個開拓

部落이 建設진곳이다·이開拓部落은 가치 호박이나 바가지가 버더나가는 넝

쿨에 달리듯이 無人之境에 버더나가는 道路의 要所~에 建設되어잇는 前

年에 開拓民들이 入植하야 겨우 開拓한곳이라 아직 道路도 보잠것는 山

쿨길이니 一行은 勿論徒步하지낫는 脚絆과 運動靴에 몸을 團束하고 부

或은 森林鐵道의 枕木을 디디고 혹으로는 濕地帶에 느리가 겨우 불로출도 부

리를 뒤버디디며 얼지이 經驗해보지도 못한 難行軍을 하노라 牛車아지

惡路에도 不拘하고 一聯 무거운 映寫機械을 실은 牛車아지

同行하고 잇스니 一行特히 映畵班의 善心이만 如두이 아니엿다·滿洲라면

곳 無邊曠野를 想像하지만 이곳은 摩天박게는 다닌사람이 업스리라고 생각

되리만큼 險峻한 山이 置ㅅ하고 그사이로 돌타서 시내가 호로고 잇다·이

기른山이 이險한것을 除向한사람은 開拓民과 開拓闕係者잇

外에는 아마도 今番이 처음이엇스리라

잔곳아다 同胞拓士들의 歡迎은 大端하엿다 먼故鄉을 떠나 이곳에 드러온

七三

以後 都落民以外에선 사람을 맛나지못한 그들로서는 그들의 存在를 알고

義가 아닐까?。

一九 감자의 記憶

申彦龍

一 내가 처음 朝鮮出身의 開拓民을 對한 것은 康德五年十一月이다 그때 나는 間島省 延吉에 勤務하고 잇섯는데 내自身 그 이들비 新聞記事도 쓰고 햇지만 果然鮮系開拓民들이 어떤 生活을 하고 잇스며 그 開拓地란 大體 어떤 곳시지를 모르고 잇섯든 것이나 그러서 한번 南拓地를 가보고시픈 생각이 간절하엿는데 마침 協和會中央本部主催로 東海鮮系開拓地慰問隊가 開拓地에 드러가게 되어 나도 이비 參加하야 처음으로 南拓地訪向의 機會를 어덧든 것이다。

慰問隊가 孫定한 慰問地는 間島省延吉 安圖 汪淸三縣의 各開拓部落이엿소

린애의 머리를 쓰다듬으며 안해는

「甛쌈」하고 들어온다.

세번째 무리는 어린애에는 그 小鋪에 가면 菓子나 돈花生을 가진것으로 여

기고 主人도 或은 썩 좋은 것으로 생각하고 안해도 돈을 안주머도 未安한 생각

이업게되엇스며 그後 或 어린애를 안더리고 가면 위 어린애를 안더리고 왓

느냐고 主人이 되려 뭇지되엇다. 主人은 이러게 어린애를 貴여하게 되엇다.

어린애를 貴여워하는 것은 비단 이 小鋪主人뿐만 아니다 一般에 잇는 滿洲人

巡査天人까지 그의 싸님도 그리고 문을 지키는 守衛까지도 손곡을 쥐고 안어

보려한다.

나는 저녁에 집에 돌아와 안해에게서 오늘은 이애가 어쎤사람한테 앤기

엇다는 報告를 들을때마다 나의 입가에는 그들의 人類에 對한 感謝와 滿

足의 微笑가 써도는 것이다.

나는 써上에서 우리거리의 자랑을 지나치게 한상십다 그러면 우리거리의 그

는 흠은 업는가 간흘는지 모른다 오히려 더 잇는지 모른다 그

러나 詩가 잇고 溫暴가 흐르고 더욱 나의 어린

것을 貴여하고 그의 어리광을 寬大하게 容納어에 주는 人情과 雅量이 잇는

거리에 對하여 그 短点을 黙過하는 것이 맛당치안흘까? 그것이 이웃에 對한 禮

七二

써비 언제든지 바늬 볼수 잇는 것은 便利를 지니어 愛惡이다。 숫을 안피고도

茶를 마실수 잇스며 이물을 바다다 세수도하고 밤도 시어 어린아희를 洗

日沐浴시키는 것도 이물의 德이다。 우리도 이물을 써써마다 그쌔 뜻한 感觸

파 꼭가튼 이 ㅅ사람들의 人情에도 뿌다치는 것이다

다。어린애들안고 가저되는데 처음 사러갓슬세 어린애가 선방에 노흔 쑴花

우리 旅館構內에 小鋪하나가잇다。안해는 恒常 그집베 가서 日用品을 사온

生을 마치 제것이나 되는듯이 함부로 꺽꺼니 안해는 그이지 노와오남

의것을 하고 아희손의 것을 빼앗으려하니 안해는 ㄱ아ㅣ니

아니니 하며 안쌧기것다고 물을 짓기며 나종에는 아앙하고 운다。안해는

한수업시 銅錢두어니를 쏜人에게 주고 아희를 안고 집베 온다。

다음베 갓슬쌔에는 아희가 이전엔 菓子를 양손에 웅겨쥣다 안해는 떡시

쌔앗어노흐하고 아희대로 안는듯는다。이것은 主人은 어린애에게

가서이와서 손목을 쥐여보고 ㄱ好々 한다。아희는 저를

貴여워하는 줄을 알고 빙굴々 웃는다。안해는 다시어린애외 턱을 만진다。어

主人은 손을 가루저으며 ㄱ不要々 ㄴ 하고는 다시 어린애외 턱을 만진다。主人은 다시 어

신베는 黑두룬 십베 니고 쑬을 움즉이며 맛잇게 먹는다。主人은 다시 어

클클하면 자리 옷우에 外套를 주어입고 가서 쓰거운것으로 해 그릇 왓단桶을

며는것도 우리 거리엔 업지못할 情趣다.

손님을 鐵送하고 迎接하기에 便利한것이 다라는것쌔위는 依例 그런것이려니

와 市內뻐스도 여긔가 起点이라 零下三十餘度의 街頭에서 三十分이나 기다

렷다고 "뽐메인 소리하는 同僚들의 不平도 나하게는 對岸에 火災바께 안되

는것이오 "릿쉬 아와ー"에 滿員된 車에 매달리에 마치 "써ー커스"의 재주

넘는 乘客을 하지안호면 안되는 저윽이 未安하다.

◇

나는 男爵은 아니나 우리집 아페는 恒常 馬車가 갈을 메의가지고

머령하고 잇서 걷거리에서 마ー 커ー 라고 할수잇는 發音을 억지로 ㄱ마ー죠니

라고 發音 必要가 엽는것도 이 거리에 사는 德인것이다.

◇

우리집은 滿洲人旅館의 한 房으로서 이 旅館搆內에는 朝鮮사람外에 日滿露三

十餘戶의 家口가 셋님을 하고잇서 中世紀의 城을 聯想케하는 것이 잇는데

밤이면 出入口의 大門을 잠그고 出入人을 監視하는 것을 보면 더욱이 느

낌을 새롭게한다.

이 搆內에는 旅館이서 溫泉가치 더운물을 恒常 꼬리어 提供하는데 必要한

쏘리우는밤 뭇송아지 우름가치 들려오는 汽車고동소리는 끗업시 御鐵를 자

어녀는것이다。 우리집은 무어서 고동소리를 들을수잇는 停車場아피다。

쏘한 우리집여펴는 中世的風格을 가추어가지고잇는 大和호텔이 잇서 그옥

한 庭園과 太古그대로인 樹木에는 저녁이면 가마귀떼를 지에 차저들어

보는者로 하여곰 暫間 都會의中央에 잇는것을 잇지한다。

그러나 나는 언제기 난염시 待合室에 가분노니 엽섯고 閑暇히 누어서

제법 고동소리를 즐기려는 그리고 樹木에 깃드는 가마귀떼를 천천히 玩賞

하려는 그런野心을 이로 계본적도 업다。

우리거리에는 이러윗 詩가 잇고 雅趣가 잇스나 이를 享樂치 못하고 感謝

히 생각지안는 나自身이 限업시 俗된人間이 아닐수업다。

◇

◇

◇

俗된人間이기에 現實的인 눈애 쓰이는 利害가 問題되는것이다。 이것이

꼬마운것이다。 우리거리는 모든것이 便利하다。夜市가 잇고 理髮所 郵便所

喫茶店 담배가가 書店 반찬가가 甚至於沐浴湯까지 十數步乃至 數十步만애

잇서 夜半이라도 돈만쥐고 나가면 무엇이든지 살수잇는것은 오히려 平凡

한 이야기지마는 最近에는 「燒鳥」露店이 호텔뒤에 벌려저잇서 자다가도

맛젓자니 三十年前 그날이 無心히 머리에 떠올라와서 어찌ㅅ엄가치 記憶에

생동〈하고 다시한번 그時節에 도라갈수 업는것이 그지업시 섭섭하다。更

少年못한다는 것은 더말할것업지니와 부담말에 油衫쓰고 길ㅅ갓다는 그風景이

어제보가튼데 그사이에 三十年이 아니라 一世紀나 隔世한 늣김이 잇서 반가

우면서도 섭섭한 追憶으로 남아 잇는것이다。時々刻々으로 물이부러 조마〈

하면서 건너든 洛東江 배ㅅ안의 노ㅅ사가 둥둥거리어 하마ㄴ드면 水中孤魂이 되

엇슬지도 모르든 그 洛東江도 이제는 輕便鐵道의 鐵橋를 한다름에 훌적건

니럿다。文明과 進步는 이러한 追憶과 꿈을 뒤ㅅ발걸로 거더차고 다라난다

여름철이 되면 생각나는 옛生活의 한토막、다만 文膚를 가풀샌이오 殘暑

의 凉味업슴이 恨이다。

一八 이웃

安 壽 吉

어떤 詩人은 故鄕사투리를 들으려고 停車場待合室을 차저갓다 하거니와 키

여긔서 環泉까지 一百六十里 이를것이 잔득되다。그러나 오늘써젼으로

八十里쯤 드러대열지 의문이다。落鄕하신지 二年만에 가는 觀親의 길이라

마음은 밧벗다。

×

비는 한결가치 쏘다진다。젼동무가 부러서 六七匹의 말이 行列을 지어가

니 마음은 든든하나 서울島숭의 兩中遠行이라 아모려도 氣分씨 辛酸하고

구슬프기만하다 半日여를 물께 빠진 생쥐가치 되어서 겨우 當到한메가

金泉서 二十里 開寧邑이엿다。탄사람도 탄사람이거니와 안지는 馬尺가되는

웃가젓다고 엄살이다。일마나가서 내가 잇는지는 모르나 이暴雨에 배를부

럿수업스니 더가랴야 갈수업다는 것이다。

醬냄새에 脾胃가 거슬려서 끌은배를 채우지도 못하고 石油등잔불미테 우

둑히니 안거서 來日것갈 걱정에 어린마음은 한충더쓸。窓빗게 드

리치는 비소리는 한속금 더 조아친다。이러다가는 來日도 물에막혀 써나게

될지 모를넌이다

요서가튼 장마철에 주룩주룩 내리는 비소리를 드르며 窓덕미레 멀건히

백희희
고요히

숭이구름　밝은우슴　말아냇水
달안는다해　그넉널다　하려요

一七　雨中行路記

廉　想　涉

어제人밤은 쳐는못 우념더니 새벽부터 비다.

그러나 日程은 延期하는수엄다. 兩期에 들엇스니 延期를하면 도리어 긴이

막천히이니아말이다. 서울서 먼길이라고는 昨年에 中學校에 入學하는걸로 慶

州에 修學旅行한것밧게는 이번이 두번재이다. 새벽軍를 탄 우리兄弟는 느지

아츰에 金泉에 나럿다. 金泉써도 왓다 瀑布外가치 제부엇다 驛頭

에나와 가도오도못하고 비에저즌 場거리를 내다보고섯는 少年의 마늘은 愛

鬱하얏다 삼베 배인 몸이 미물 맛기도前에 구즁즁하얏다.

님님은 말두匹을 불으고 馬夫를시켜 油衫을 두번사왓다. 貝擔籠삭베 올러

아리 油衫을 뒤집어쓰고 氣勢조케 것을 써나기하얏다.

六五

暗히 祝福하여 주시옵소서

그러면 啞林兄! 제비날고 삐요리도 우는 이 滿洲를 爲하여 兄요·時

六四

一六. 구 름

張 起 善

미인양 노피솟다 쓰갈린듯 흘러나려
한종일 한날가에 온조곳곳 짓고허니
굿엇고 아니변함은 틈넙느가 하노라

◇

솝의듯 피여나서 이슬인양 스며드며
비는듯 안보는듯 흘리떠서 쏘다여도
그울엔 엉게열스니 막운아오 엽노라

◇

천료 갓은 구름 먹찬 우름 아니우며

여름이 장차 오려 하것구려 제비는 맛나신지 이미 날이 지낫스려니와 아씨의

아씨의 노래를 드르실 날도 그닥 머지는 안컷스니 「春心」을 선물삼아

이곳에 作別의 붓을 머므르고 가신 兄으로는 마음엇 全幅은 아니것지만

그윽한 예보든 봄빗을 맛볼수 잇스리라 생각할쌔에 부러운 마음 야조

엽지도안소이다

그러나 睡林兄! 朝鮮에 오는 봄이 滿洲라 아니오며 朝鮮에 오는 제

비와 쇠요리 滿洲라 하여 아조 업소리싸 方今 봄의 반자옥은 扯

거룽 두거룽 南쪽에서 北쪽을 向하여 옴겨짓고 잇나이다

엇자하니 아직은 모르나 新京의 娘娘祭지낼무렵 綠陰속에서 제비가 날 다는것은 이곳에서

오래산 분의 이야기요 내가 바로 내키로 드른 일일니다

첫을 昨年六月初 吉林의 北山公園에서 郊外에 제비도 날르고 綠陰에 씨인

睡林兄! 그런지라 늣기는 느질망정 마음을 스스로 달래며 누르며 봄

긴도 우는 이 滿洲에서 안편 모라리는 마음을 스스로 달래며 누르며 봄

을 보내고 여름을 맛고 한것이 아프로 푸랜간줄을 꿈이나 알어주소서

부락해듭니다 레비가 날로 든 滿洲오 쇠요리가 우는 滿洲이어니 어써쯔며

가 봄담어잇는 이 滿洲를 秋毫인들 푸러짐할수 잇스리싸

六三

채곡 채곡 포게어 다시 울러싸흐면 묽은 가지 왕이진 요레서도 紅梅白梅水

뒤석거 붕우리론 멋돈것이오 그럼 무럽이면 얼리잣든 레비도 반싹반싹 구

술가득 그 눈에 큰거 먹근 찬찬듯찬 그 머리 두나래를 쳘쳘 썰으여 우

띠집 쌀아당 쌀랏줄 위에 날러와 산리 서도온 人事를 드림인지 지지비비

찬앙지 지러대는 것이 아니엇것소 그리고는 훌연 날러가서 마나렷강이거나 못

자리 눈바미거니 할것엽시 그 조만 일에 진

고 소 날러가서는 짐푸라기를 물어다가는 흙우에 점러 흙한집엄 (一摑)을 물고오

허지지 안토록 妙하게도 튼튼하게도 점을 짓고는 얼마아니가서 알을나허

새세를 싸고 비보는 날 바랑부는 날 가릴것엽시 버레를 물어다가는 서서롤

겁오기에 아모련 綠金도 열든것이오

레비가 햇창 그러게 매삼동안에 나무나무에 꼿도 쉬욱러지고 입사귀

피어가지를 더플 무렭이면 붉도가고 첫터름이 오든것이오

런첩사첫속에 노으란 쇠고리아씨 가몬꼴자기에서 날라나와 玉盤위에 구슬굴

啞林兄! 이름봄에 江南에서 까쳐오는 레비도 에여색기어와 첫더름어

듯 등 그리가는 그 노러야달로 혀가아니고 두엇이엇것소

啞林兄! 지금이 四月下旬이니 兄이 게신곳에코 벌서 봉이 저무러가고

아니겠소 묻의 게신곳 비록 北쪽이라 하나 지금쯤은 벌서 모이 起居하시는 추녀미렌도 에쑤장한

그 제비가 생쥭한 임부리에 진흙을 물고 와서 建築役事를 하기에 바쁠지

도 모를것이오 어에서 듯건대 그 제비는 가을이 되면 江南으로 잦나가 朝鮮에

불이 오면 江南을 떠나 다시 그리운 朝鮮으로 온다고 하였느냐 그레서 이

제비를 中心삼아 가지고 놀부흥부의 이야기도 생진것이라 함이다 그러나 그

새는 그 제비와 짜운 맛도 여겨본 맛도 毛로 모르고 봉이 되면 으레

이 오는 것이머니 하고 지날샌이 아니엿것소 그다지 처달틸것까지도 열시

그러나 三月삼질만 가서우면 그들은 틀림없시 차거오는 것이엿고 보리밧테

새싹이 푸르기시작만 하연 색동저고리 마을어레 들의 용제공게 모여앉게

냉이캐고 달래샛는 손갓도 잡이 바실지란 어름녹은 기나릿강에 노뜨엇다

나지안커 진흙을 물어나르는 제비의 役軍들도 실틈이 없섯소

無姝兄! 엿아울에서 봄마리하든 갓이란 過히 싱접지는 아니햇든 것이

요 옹다리까 처마련머리에 노롯노롯 새순을 쌔치면 압장아장 종종거름을

치는 병아리가 어미의 부르는 군호들 따라 외롤 찍고 논언덕에 문득을

피연 노당나비 한나비가 제샹에 송을 추든것이요 뜰아페 문허난 돌담을

六一

에서 피는 살구인치 필수 잇다는 것은 볼마나 多幸한 일이여 기분 일이

것소 다른 맛치 다 칸안 되는데 이 杏花만이 여기에 滿洲에

全國的綠化運動에도 이 杏花가 피염을 맛는다는 것은 참으로 기쁜일 입니다

唾林兄! 滿洲를 치운 곳 꼿치 이라하여 過히 落望치 마시오 杏林

其山間에는 멀리 濟州島南쪽 그러케 대쪽한곳의 櫻花가 어느 侯鳥의 媒介

코 날릴와서 날흐 엽는 山間에 이미 수풀을 이루어 잇음도 조흔 協和

櫻이라하여 好事者의 硏究對象도 되어잇나니다

그러면 唾林兄! 滿洲는 決코 꼿 안피는 곳도 아니며 봄안오는 天도 나

아넘니다 아모리 느즌 期向은 싸홀양정 봄이 올것만은 틀김업슬 것을 나

는 스스로 밋고 잇습니다

3. 제비와 쇠꼬리

唾林兄! 朝鮮에는 三月삼질이면 벌서 제비가 날러오지 안소 이른때이

면 그보다 며천알서 오기도하고 느저도 그때가 되면 어검업시 오는것이

다시 그 꽃쌀돌 左右의 정밀의 울타리 사이에 열간 百검

千가지 萬가지 喬木灌木이 그 모든 꽃나무에 半紅半白의 요지 滿園한 것

은 어떤지 猶幾、族砳、華爭 陶逸이 찬란 그런 燦爛混亂한 世上과는 단판

신 比上을 이룬 듯한 그 따갈로의 仙村이 아니엇겟소 그때에 써

내가 그 桃源境을 떠나서 이 曠漠하고도 四五月에 눈이 풍풍 쏘다지는 이

곳을 차저 올 것이야 내가 아모리 世上에 엽는 自己運命을 가장 잘 아는 詠

흐者라 한들 점처 날엇슬 理가 잇섯겟소.

그러나 구러어 그 시골에 피는 살구꽃 못 보는 것을 지금와

서 새삼스러이 怨거나 恨하고는 심사산소이다 怨하고 恨하여도 지금 다시

그 故鄕이 나를 그 옛봄 안에 안어줄 힘도 엽슬진댄 이 곳에 늣게나

마 피는 살구꽃을 故鄕의 아슬을 타리에서 보든 그 살구꽃 마찬가지로 흐음색

보려하오 살구 나의 사망하는 살구꽃가 國民花가 되기로 運動

唖林兒! 多幸이 이곳에는 나의 만히 보섯지만 白山公園안에 가득이 피

化되엇나오 그리고 兄도 여직게신데 朝鮮의 시를 儒敎를 얼아만끔 맛볼수가 잇지산 햇식소

든 花야말로 朝鮮의 시를 儒敎를

滿洲가 아모리 치운 곳이오 新京의 봄이 아모리 늣다고는 참앙링 朝鮮시골

五九

에는 五月十六日에 눈온 例도 잇스며 新京觀象臺同誌以後에도 四月二十二日

에 눈은 例가 잇다 하니 오늘도 四月二十二日이라 어레는 함박눈이 펑펑

퍼붓따 오늘아침은 무여의 거수물이 생생 얼은것도 怪異한것 갓치니

다 그리고 엿날 사람이 不似春의 노래를 부른것도 아가 이런째의 이쌍을

보앗든것인지도 모르겟습니다

시골친구ㅣ 多幸히 이런째나 避하여 살구꼿핀 消息을 傳햇든들 내마음

그다지 설레일것도 엄슬스런아는 何故 공교조렇게도 이러케 늣날리고 어름어는

敎슐에 傳해 숨첫이아 무엇 잇슬서오

朝鮮ㅣ 그中에도 시골빌 朝鮮에 가장 봄자울 情趣잇게 맛보여 주는것은

살구꼬치오 거기에도 엇어어 피어주는것이 복숭아쓰지엇습니다.

그러케 고흔것도 아니오 그러케 繁華한것도 아니엇만 그러나 朝鮮의 시

골에 가장 魅力잇게 이른봄비츨 쑤미어 놋는것은 이살구꼿치엇습니다.

시쑨의 마을이라는 元來 人爲的 文化의 德澤을 못입는 곳이라 지금이라

고 개와집웅 멧돌당아 그리 한흔건 아니나 더구나 三十年四十年 前 朝鮮의

시골에서는 그런 집은 볼수가 엄섯습니다 다만 오막사리

草집웅이 山미치나 둘가운데 옹개종개 달라부튼 것들이요 지게에

睡林兄!

요사이 느하나 내마음을 흔들어 노흔것은 南쪽故園에 잇는 어
느 친구의 傳해준 봄消息입니다

그것은 내가 살든 엿마흔에 살구꼬지 滿開하엿다는 것입니다

그것도 普通으로 봉이 노면 으례히 피엿다가 이우러지는 꼬치라면 그것

이 내 마음을 그닥 설레기게할 理由도 업겟지만 내가 故鄕의 엿마음에서

실것 보고 자라나든 그꼿ㅡ 그中에도 시흙의 봄비을 내마음을

리든 그 살구꼬치 滿開는 아모리하여도 내마음을 흔드러 노치

안흘수업구레

睡林兄!

내가 그동산에 新京에도 봄이 온다고 얼마나 宣傳을 해노

찻습니다 그른것이 不遠間며칠에 변덕스러운 日氣는 또다시 봄에게 挑

戰하여 두번이나 왼싹을 모라다가 싹트려는 新京의 봄

비흔 鈴地엡시 짓밟해 버리고 얏닶니나 피려든 쏫춘 봉우리를 되움트리

고 더드러든 풀은 싹시 피드러 갓슬니다 그러나 懸象子의 칼을 들으면 前

五七

數하고 對照해 볼때 그의 距離가 어떠케 되는지를 測定하기에 나는·꼭히

困難하오 對照兄!

睡眠兄! 그런데 잠자기 아니 그러케 잠자-는 아니지만 꼭이 여기게시

든때와 여기를 떠나신 뒤의 한 一푸동안에 이 鬆眞師들에게도 一大變動

이 생겻구려 그돈이 마음이 바썬것은 아니ㅅ지만 글세 昨날에 二十錢이면 "쉬여"

하며 고개를 위아래로 그덕이며 씨어주든것을 요서, 와서는 六十錢에서

五錢만 싹자 하여도 「서무싱싱」 하며 머리를 左右로 내두르니 아모커나

이감산 獨連도 三倍가 오른셈이 아니오니까 모든것이 다 오르는텐 아모리 싸구려

憫莫이따 하여 혼자서 唯我獨尊으로 踏步를 넘는 理由는 잇담니다 曰·材

세갑젼이라니 그러나 그들에게도 묘다 理理는 일이지마는 한세

料가 高騰 되니까 그러나 그러나 참기가 딱막히는것은

우리버 싸라맨이 구려 마약 話·釈之難이니 말은 된말이지오

睡眠兄?! 그러니 新京의 볼갑도 三倍가 오른 섬이구려 兄의 가신뒤의

變핳은 그것뿐이 아니것지만 다만 이것이 顯著한 一例라는 것을 집작해주

시오

公園안에 아직 목이 붉은 당둥 맛사리고 있는 판에도 겨울에 지친 男女

老幼는 이러케 재빨리 봄을 차고 기룰 쓰지만 그보다도

한지들은 앞서서 이몽을 더인즉 알아채리는 이 악박이 寫眞師들입니다.

寫眞師의 私ㄷ은 얼마나 조흘지 그의 一橫造와 차親본 우리의 그 寫

想像이 過하여 그러지지 안것지만 第一傑本시손 더칠수 업는 生命의 그 寫

寫幾만을 겨울동안 단단이 진곡 거두기에 열섯을것입니다.

或時 寫幾가 찰세라 아이들아 나처세라 간직햇슬것이 아니겟슴니

짜.

그리하여 몸만 쫘라고 잔등 별했슬 첫임니다 그리다가 봄이 오는듯 기

수풀 해이면 해이가水 바색세요 그들은 그 소중한 寫眞幾를 걸례실해가

지고 서세에 에꾜 나본첫이 이 公園입니다 그리하야 붓을 준기리는

男女老幼의 뒤를 싸른다니 보다도 바푼서서 봉을 첫는첫일 것임니다.

그들은 얼골은 검고 服裝은 醜하되 봉기다리는 마음으로 이 寫眞幾하

나만은 치운 서울에도 간직하기를 이러버리지 안는 것입니다.

그런데 運林尼! 高級의 人間일수록 무엇이나 이러버리기에는 一等이오 選手이며지키기에는 等外요 ㄸ

지이니 이 감싼 寫眞幾 하나만이라도 잔직하는데는 一等選手인 그들과 比

公園안이나 큰길거리를所료 도라다니며 靖洲ㅅ들의 寫眞順가 한 二十分동안이

연흘통<?>한 名所되内拔의 寫眞이 금방이 되여나오는 그寫眞이 잇지안헛

소 그리고 그것강시 二十錢 三十錢이면 尺寸도 아모리 큰拔이라も 한

六十錢만 주면 "쉬쉬"하고 바더가지안헛 서울동산이면 冬服이나 하른것은도 가지어더로술어

그런데 그寫眞師들이 서울동산이면 冬服이나 몯수섭더가 봄철안

드러가든지 자최도 그림자도 못수섭더가 어더서 나오는지송

꼐도 몯두 쏘다서 나오는구려

그러니 新家의 봄은 비싸구러寫眞師의 막박이寫眞機에서부터다 해도可한것

갓소이다

눕속의 건어롬은 다 안불뎟다 하더래도 大地의 눈빗안은 사라지고 거

므슨룡軟 홍졍이속에서 이름모롤 풋풋이 새롯새롯 햇비츤 사냥질하고 쓸쓸창

안어롬령이가 奇탕롤에 마스라리 너허가느라 돌둘거리며 속삭일제 어지간

한 男女면 겨우나 너어지 못하른 푸넙푸리로 재빠르게 公園의 무

근잔디 밧위료 슬슬 느린거름으로 하며 한가쌘 아버지어

머니가 어린이의 손을끌고 봄을 맛보려는 안타까운 마음에 역시 公園으로

내오는 것입니다。

五四

右山一个七 中章頗照二十一年有御製千山詩 十九年有御製次遊 千山後不果詩
四十三年有御製寄題千山詩이나와다마다. 按記外 러지난치마는 明、程芬克의
遊千山記（遼東志一何收）와 淸 張玉書의遊千山奧記（小方壺齋輿地叢鈔第四帙所
收一小 가장 考考에 供替컨하다.

新京片信

申瑩徹

1. 써구리寫眞師

睦林兄!

써구리寫眞이라면 듣도 잘 아실듯합니다마는 그二의錢 三十錢짜리 막막이
寫眞말입니다.

二十錢 三十錢짜리 寫眞이라니까 아조 속 각남갑寫眞이나 되는줄 알고
五謬識이 不足한 이는 ?하고 五우솜을 질듯지 모르지만 배 그

灵游興이 부령부령 괴여윤라오되

이를 둘라젓엇다. 千山의 四十八곳의 眞勝은

니른바 九宮八觀 五大禪林 十二茅庵에 져오 一觀一寺를

쾌쾌히 千山은 구졍하엿다고하기는 좀 염졔엽지마는 그初入의 작은한모통

이를 닮은 것만으로도 千山이 壯觀으로나 歷史로나 完全히 朝鮮의 一部임을

實証한것은 이번길의 所得아님이아니엿다.

시르도 千山의 地誌的事實을 步步對起하거더 千山은 長白山系外 西로와서

燕秦半島를 撰成하모 니릇마 千山山脈의 中心이뫼니 盞東城亭六十里에 北中

東西寛約十五里, 東北袤約二十里 面積約三百方里(一福州里)가회여 北中

南三穀에 난호여서 그中間에 三公이 形成되니 北谷은 只 老観道로서 通称

北萬라하고 北山이라하야 南萬라고 北萬은

南谷은 傾斜좀緩遍호서 西部의 五佛頂이

通称호더 北山이라 海拔이 千六百尺이며 南山은 더욱 蹩援이

그最高处로서 仙人臺는 海拔二千尺에 世傳唐征高麗駐蹕於

하고 頂點(仙人點인 千山의最高點)즌 東志(卷一山川)에는

를 一眸瞥盡하기에, 足라다.

此峰最尊爲 獨盛毒左、騷人墨客、趁求尤多이니라하고 盛一統志(卷五九、奉天

偉傲한 孤松을 正直松이다 하였음

偉傲直勁함은 이山중에든 術以업는 곧이게한다· 마두 前

를 넘어서며 이山 寺域이 되는데 背후에는 層巖巨巖이 나타나고 가

에는 幽谷淸洞이 靜趣를 그득하게 한中에서 殘灘殘殘히 一境이 自開하야가

山의 中正을 못잡은 好佃招提境이 잇다· 멀미를 누른 無量觀이 此第로 거지

는더도 寺樣은 蕭殘 一路를 밟아온양으데 시방도 正堂이 蕭然하고 兩翼이

하와스며 鼓搓鍾閣이 있오란 塵然히 對起하야 오히러 大梵宮의 體制를 保存

狹隘하며 端淨閑靜하야 一鈕의 俗氣가 업는데 緇衣의 一老衲이 하조보고

하앗서며 殷勤히 一鉢를 맑도 遠來의 遊子로하야금 愛敬想과 欽慕心을 짓게참

나싸서 殷勤히 一鈕를 맑도 遠來의 遊子로하야금 哀愍의 哀憬을 이게참

이無量하나 叶다· 寺에 모일종 淸塵의 巡歷이 미처서 哀慕의 題乘을 이게

도록 傳하나 그 頭條念葉이 春開發餘妍의 叶는 正히 今日吾游의 光景을

미디을 훗것이아나야도 無妨한 듯하다· 逢前에 乾隆六十年勅建廻越寺重修碑記

가, 잇엇스나 얼어불 歐이엇기 그냥 蕎過하고 法堂이 正面에 바루 佛殿을

煥示치못하고 대신 三教同風님이라고 退藏한것에서 一建의 哀愁을 자으면서

山門밧그도나왓다·

谷俓은 이음무러 더늘 幽邃을 더하고 柳外의 簫聲이 처우리 나를 부르는

五一

我 傳行하는 遺蹟에서 본내는 延前의 石製日롭計를 긴갑어루만지고 鍾樓

아프하야 南天门을 나가서 嘉慶童修의 碑를 넑고 窩然한 一石龕이 老松

에얽혀있는 넓다란 月臺에 臨하엿다. 나리나보매 脚下一寸이 곳 千仞峭壁

이오 내다보매 웅굿중天한 群峰이 다토아 媚嫵를 자랑하는데 淸風이 저드랑

이를간지리고 好禽이 귀성을 할터서 動靜一如한 忱慾한 境界에서 한참동

안 모든것을 이저버렷다. 문득 나를 濁裏에 淸을 먹음은 후드려혹랑하는 소리에

일헛든 나를 도로 차저서 層段의 一隅에 空洞한 老木한트맘을

것이잇다. 나도 거기 가서 이방망이를 쥐고 다시 西閣은 근히 엿써을 두드리게한

의의글을 액ㅅ부시는 신응을하고 다시 西閣은 하직하엿다. 無量觀은 千山

분아니라 全端에서도 有數한 大道觀으로서 시방도 百餘의 僧侶가 常住한

다하는데 網巾과 道花에 상토를고 나릇을 기르매 形貌가 마치 우리의

學者넘네를 對하는 氣分임도 자미잇다. 網巾이라하야도 실상은 懊頭강투모

암으로 생긴것이아서 바로 우리의 그것과는 좋다르지마는), .

西圀으로부터 洞口를 向하야 나오다가 劉公塔에서 西南兩脊으로 通한 小

徑이발은 桓越寺로 그럿다. 路傍에 一巨礫이잇서 上에 太極石이라 刻하니

說을 主軸으로하고 그 左右에 等身十八羅漢像을 安置하였으니 偶仲笑怒 ― 각각 스
도 通眞하야 手法이 자못 불안하였다 洞의 入口에 嵌壁한 碑版이 있서
洞의 由來를 傳하니 이제 後考를 爲하야 全文을 抄錄하면 下와 같다

盎陽南六十里千山、三聲之巨觀也、魚道豪募其名、未詳其勝、一日封師參遊、
其山石之籠義、松林之茂盛、恩山之茄可以食、山之凉可以飲、送老于新上有硯·現
菩尚羅漢洞、年久傾頹、故址尚存、蕊商之山主、謀諸致善竹然童修、比丘三藏、
修其大政、金其佛像、絵其羅漢、煥然一新、難云徴工、納爲斯山之一助云耳、故
立石以誌之・

滇熙己丑年孟秋吉日立

觀善菴의 伴雲庵의 아레 세운 八角石燈에 無數한 功德主의 名字를
列刻하고 그 中에는 琪寺在持外하 文字도 判讀하지마는 대개는 磨滅하야

그 詳을 잇기 어렵거늘 이제 이 碑版은 字跡이 鮮明하야 無量觀의 前文을
徵考하는 上에 아마 무엇보담도 主要한 文蹟이 될것을 생각하였다. 그리고

여기도 千山을 三韓物로 쌓것이 이났다. 꼭 이났다.
洞에서 들水나와서 落堂에 세드러 砾다도 며으려하다가 一은 俗吏들의

遍輕외 ―은 遍偈들의 그것을 迎合하는 弧態를 보다 못하야 이미 韓山하

四九

太淸宮으로부러 坐外면 金蟬石·可蛛青云 구경하면서 別洞한 一境

으로 들어가니 이것이 西尚이라外水 太淸宮의 內庭에 對하水 道士네의

修練地가 되는곳인양하앗다。ㄱ紫氣東朱山吾 預한 內庭에 內外에 短長無執址

挑樹가 羅列하고 코로통한 잣지 밝으레하게누어서 製花千山에서 一春色

을 나타내엿다「네가 玄都觀가 나도하마 仙郎이라하면서 小蓬某門을쓴

고 南海雲臺라고 一堂字에서 左右壁의 道裁을 瞻健하고 그 右夾门으로

하水 돌아가먹。거긔가 羅漢洞이앗다」무던히큰 義達의 中에 道家的 天界像

「만만리 이철치山 하고
이억이영 욻라가"

「구낭이 양싯지늘
「조라이러
뒤다라서

「짜모지山 우서우나
「이보동텐」 조흔시고

下果서 나흘보는이
神仙이라 안흐리
○

잇서 그中에 그 千山天地之鍾秀 二聳之巨觀도 이란 듸가 잇고 苓堂외 庸頌에도

又는 韓丁鶴年書山풀 풀한 것이 잇스니 이러케 千山은 二聳地視함이 진선도

偶然한일이라 잡수엄다 내이제 千山의 一峰頂에서서 玉鸞溪씨홍

이리버리고 슬엇이 故土와 생각을 품을 누가 구러럇할者이냐。

○

民白山 一枝桃에
千朶芙蓉 피여나서

窈窕한 저고립자
碧海깊피 잡은것을
아눈이 멋지시린고
나란본듯 하여라.

○

天门외 最高峰에
시름업시 안젓거늘
松顥가 奏樂하고
梨花白雪 英남리니

七四

다.

쳐여코기는 날쯤이 經驗도 엷고 또 이뒤에 거듭하기를 긔약치 못한다하
다.

一四、千山遊記

其二

崔南善

그나그뿐인가 굽이굽이 성깅하건대 千山과 우리 朝鮮人과의 因緣은 거의 重重

無盡한 실마리를 풀어낼수로 잇다 위선 山全体가 長白山의 末脈이 바다를

건너서 泰山을 안고가는 遼野인가. 登東半島란 권대 朝鮮半島와 맛대

가지로 역시 白頭山의 한기슭인것이다. 그러고 歷史로 말할것가트면 千

山의 도가 古朝鮮의 主要한 地域으로서 高句麗、渤海의 歷代에 언레든

지 振本邦的 要求를 가젓든 邊塞地이앗스니 이들에는 先民의 어두만진 자리

가 잇고 이쪽에 先民의 손이 심어녹은것이다. 아득한 넷날선민가 近

代의 滿洲封禁期에 千山을 踏遙하난 朝鮮人으로 더브러 山麓을 踏石環工도 하야금 現實界와

因緣을 가지게한 者는 然後 江方面으로부터 山麓을 써러 다니는 우리의 마심모

朝鮮人이오 더부러서로 終始하

앗다、쌀 것이다。無量觀境內에 康熙十四年建立의 重修遼陽羅洞姓名碑記 水

신山들이 잇다하니 알하사면 千山의 思발은 朝鮮人이오 더부러서로 終始하

이거 龜龍寺는 지난 겨을의 눈과 갓기도하고 여긔를 仙境으로 보

이러하는 玉樹瓊林과 갓기도하야 千里의 風景에 당연히 그러함즉하다는 생

각이 난다 이제 此佀의 生産이 선교 奇觀絕勝의 財源이 되야잇다한다。

대러 龜山은 본래 千歲山이라하야 壞하건더 山多奇峰 慘悅摘盪

不可屈指、故名千歲이나하니 산방 千山은 이러 峰을 略하건 又이러 俗에

山의 峰이 본래 九百九十九쩨이라니 上人이人工으로서 一峰을 만드러 千의

教로 헤엿다할믄 우돈 一民間記話에 不選此것이다。여하간 南端線의 車態에 一方의

서 건너다보는 바와가티 千山은 滿洲에서 어려서른 도를계보는 金剛形

의 群峰亭列的 山豪로서 千이야 차고아니차고 王荀의 爭秀가 진실로

奇觀아니랄수업다。그런데 거긔 花尚義의 風化를 갈기알눈 怪石美水잇고

鬱蒼한 松林風韻音이 잇고 淸溪水 잇고 巨岩과 將岩가 잇서 逸景

構成의 要素가 꼭 우리의 故土와 틀림이 업다。그러서 生面이 아니라 舊識

과 갓기요 퀘 그리고 실려보니 여긔저긔의 洞窟은 마치 道羅山의 入口

와 비슷하고 이우에서 나러다보는 황자흐 小藏山의 碧蓮庵前通과

갓다、滿洲에서 朝鮮山川의 風韻을 갓고십흔 志林의 北花江에서 한번하고

東亭의 萬鹿灘에서 두번 맛나더니 다시 그거니와 이제 千山에서 가치 錦繡江山 그려도를

四五

最高地域으로써 觀碑이라고 부른다하나, 그 左方으로 鉅高处 巖壁이 괴은바

게하든을 치마리고 말기의 現出한 一線을 가저서 鐵槲을 베

푸러을러서 넉리로 順上의 一路로 跛하거를 맛싯 北漢山의 白雲臺와 가치

한것이 잇스니 여긔 八步發이이라는 名碑가 섯슥은 조곰더 用力한을 激勵

하는 意味인듯하고 石面에 化險爲夷의 大字를 鐫鴇하고 下에 細字成文址

一碑故을 將入한것은 아마 이 鐵槲能主의 功遠을 傳하는 것인듯하다. 그거이다

하면 七步起기라고 이름한 一松下로 다시 登년을 點고오고 ?이

나하면 돌을 뛰러니 岩石의 갈라진틈으로 드러가서 一便을보 한고

미족미족 橫行하야 한참만에 잔신리나가서 말하자면 北漢의 만둘이

와 지돌이通한데가 부첫다한곳으로서 이土되 夾扁石이라 하는것이

다, 이것을지나가면 上方에 丈餘의 平方石이 잇어서 과시 鐵素의 손갑이듯

붓들고 올라가게생기니, 이것은 一步登天이라하야 마조橫方을 시험하는 마

당이오, 遊人들이 叢下에 서서는 이보등되ㅣ연山석이 두로지아니하얏다.

惑夫心하야 을으기도하고 그간두고 돌아서는이도럽지아니하얏다.

에안저어山의 이색거싼과 끝의 구석구석이 一瞥의 下에

露하야 胸礎이 撲然히 灑落하야거려 골싸닥과 산비탈에 数百数千株식 꾸며

잇서서 風景과 傳說와 交錯한 雰圍氣가 마치/金剛山中으로 다니는듯한 느
낌이잇다 가로대 猪首峰 象鼻峰 가로대 萬年松 龍蟠松等等。
千山의 東北部를 占한 이洞壑의 首領者는 無量觀이라하는 道敎의 院宇ㅣ
니 正堂에는 太淸宮이란 扁額이 부터잇섯다 無量觀은 山中道觀의 最大한
者로대 그 創建은 淸代以後에 屬하는양하야 故實의 徵한것이 업소며 張玉書
의 遊記에도 이 一帶의 地를 祖越寺의 境內로하고 石塔을 두고 居하는 律
僧이 잇서 室에 額하야 가로대 無塚이라 하얏슴을 적엿스니 대개 시방 無
量觀은 寺의 一區를 떼어서 차차 客反爲主가 된것이오 名도 旧의 無塚에
因하야 조곰 變한것인양이다 殿上에는 祈禱會에 相應한 幡幢種種의 裝飾
을하고 網巾紅衣의 老道士가 儼然히서서 高上玉皇經을 諷誦하는데 經文의
大旨를 보매 대개 佛家의 普門品과가치 念念의功이 能히 諸種의 災厄을
消滅한다하는 趣意이엇다。
宮後에 石階三十三級이 잇서 니르되 卅三天이라하고 더위잡아올라가면 階
가 다하고 二重의 石門이 잇서 니르되 天門이라하고 門에 드러서 上邊高
處에 叢血의 一龕室이 잇서 香烟이 曼繞한것은 여페세운 乾隆二年의「無量
觀新闢觀音石洞碑記」로서 白衣大士의 住處이심을 밝힌것이다。 이附近이 觀의

싸포면서 沙河村 巖武屯 郭家屯을 지내고 七義子에 다다라서는 山도 가쟝

고 松林도 드믄드믄 잇고 芒高石무소리긴 모래바닥으로 흐르는 개울이 滿洲에서

는 희한한 하달안뭄닭기도하야 滿洲風物이 되나 朝鮮的임에 말할수업는 반가운博

이낫다。站에서 山下까지 五十五支那里에 꼭 一時間이 것덧다,

駝峰가튼 巖石이 여긔저긔 웃둑웃둑한 山모롱이로 절어들면 시내를끼고 그등

天이 열리는곳에 白雲은 여긔에이는 梨花의 무더기가 흘고 谷찌에 그등

이 열려잇을본다, 千山의봄은 무엇보담도 梨花의봄이오 산마다서 내것자

고 조출한 春色이 잇다 廟兒臺의 天의 初入에서 車를 나러니 로깃치

특히 老火女人의 麻再鮮이 웃둑우둑 한테이녀의 주어너근을 노리는 土産物

에 離人으로 여긔에만이 結束을 하야 그골이이라는것이 다만 치아니한 林蘆物산

中에 雞腫怪詭한 木櫻장사지의 난흥이 눈에 세운다

松葉의 雙獅子가 지하히든 松葉의 碑坊으로 도려서서 느진봄 묵石叙를 울라서

연 이른바 瑗仙臺라는 북나군이의우에 南瑞巧砠 劉太珠의 藏身塔과함세 近世

의 名匠인 太靖堂之藥二十代律師月澤萬晜人明新之墨山가 잇스되 塔이고

무엇이고의 意匠이 낏히 佛道場가 나흥임숨에 道敎의 藝術的임이 새삼스

러케 생각납니다。이쓸으로부러 奇義과 異松에는 모조리 尙形의 名貼가 부러

一三、千山遊記 其一 崔南善

遼東의 景勝을 말하는 이가 먼저 千山을둘은 누구나 그實은 가리지못함이다

歷日의 봄이 느리가되 둥어리가 그냥으스스함을 건되다못하야 南枝를 그티

워하는 마음이 四月二十七日夜의 南行列車에 내몸을 실어노핫다 新京떠날째

의 찬비가 어듸서부텀 개엿는지 아츰六時 奉天에서 잠을깨엿슬제는 다만朝

陽에 驛邊산 楊柳의 新綠이 자는눈에 새정신을 띄워줄뿐이엇다 그리하고

南으로 나려가는 一步는 그대로 春遊場上의 一段이오 緣陰深濃의 一度

이달가 밋白塔이 가을아는 쏠陽으로부터서는 大地가 暖陽의미레 네활개를펴

문명산初夏의 氣分일에 흘타지안치못하얏다

首山 立山의 아련한 史情이 鞍山一帶의 鐵塔과 煤煙에 가루가루아사진을

애달버하면서 車에서나오매 同降客이 수룩하고 驛頭로나서매 留待者도

김지산흥이 으들이 妻舅산 남아닝을 생각게한다 못모여 二틀부러

동안 千山의 道觀에 王道安國大祈禱會가 熱行되야서 游山을兼한 善男善女가

四方으로서 모여든것씨엇다。大型외「빠스」五臺가 오리를몰고 울뭉불뭉한 惡道와

이 두분의 책을 나는 前後 五六四를 읽엇고 나의 古壽如藏이 탄는것도 순전

히 이 책에서 키웟스니 맛치 나와 先生과 이두분의 책은 서로 더부러 因緣

이 기품은 맨한것도 업다。 나는 그에 「謌歌故書愛」을 손내 너흘수 잇는

기쁨에 단숨에 読破하엿고 또 며칠후에 画氣하고 나서서 우리말의 歴史的研究

를 이룩하며 노흔 最初의 人著인 이 책의 内容에 對하여 軽皐스럽지

도 先生에게 지금 생각하면 赤面할 批評의 붓을 들엇나。 왜 長文이던것을

起憶하고 잇는터 先生은 나의 椎氣에 가득찬 論駁씨 激憤하기는 새로에 前

나의 病熱이 키며움 지정이든지 저의 著書를 이처럼 精読하여 준일은 前

無한 일로 오직 끔다는 것이엇다 나중 先生의 글월을 읽고 만년이지만

그쌔는 여느쌔도 아니요 先生은 子女도 넘는 四十餘을 偕老한 夫人이 도라가 生活의 目標

를 일언코 苦痛하든터이니 神経이 極度로 鋭敏하엿다면 鋭敏하엿슬 그러한 때이다。 그런데도

不拘하고 先生은 마음이 붓자만허 책상을 對하지못허며 붓을 통들지못하니 篤察하여 달라

하엿당 이 또 先生이 아니고든 하시지 못할 말씀이다。(아아 이어처럼 니眞心을 흔들어 노흔 써가

잇던가?)

하러툿 어디시고 착하신 先生이 멋개 記念碑的著書를 가젓슬뿐 너무도 先生의 末年이 쓸쓸하니

이를 생각할새 先生에게는 물이 薄돈다。 그러나 그러나— 果然 큰 「学者」이며 同時에 큰 「사람」인것을 깨닷고 새

삼스럽게 先生에게 尊敬과 感을 가지는 사람은 나 하 사랑만도 아니리라

◇

一面識조차 업는 無名의 나에게 책을 보내주면서 이러틋 謙遜하고 仁慈한

마음으로 對할 줄이야. 나는 先生의 厚誼와 高德에 感激하지 안흘수 업섯다

◇

더욱이 놀라운 事實은 내가 微誠의 一端을 表하고저 몃갑스로 적은 돈을 보

낸티 對하야 先生은 過分한 讚辭와 함께 至極히 貴重한 文獻인 「月印釋譜」

◇

둘째 差을 나에게 보내 주신 것이엿다. 나는 이 책이 時價 二十円이 훨신 넘는 郵

나마도 求하기 쉽지 안흔 文獻에 屬을 모르는 배 아니다 이 책을 보낼때의 그러나

料만도 八十錢에 몃돈이 터부럿든 것을 記憶하지 못하는 것이 아니다 그러나

나로서 영영 잇지 못할 餘年이 메마엇든 나에게 잇는 것보다는 그 高

秋에 富한 당신의 好學의 資가 될째하야 ··· 의 루엇으로도 바쁠수업는 그 高

貴한 「사랑」 「精神」이다 大抵 어떠한 目的을 가지고 어떠한 結果를 바라고

서 주는 것도 不純하고 不潔하고 不快한 것이 업다면 아무런 目的도

아무런 結果도 바라지 안코 오직 「사랑」 하므로써 주는 그 無條件한 「사랑

처럼 반갑고 貴하고 쌔끗하고 가룩한 것이 쏘 어데 잇스랴. 나는 일쯰기

父母의 사랑와에 이러럼 感激한 「사랑」을 바든 經驗은 가지지 못하엿

다。

三九

日本學界의 耆宿으로 一般讀書子의 景仰을 받고 있는 朝鮮古語學에 權威者

前間恭作先生은 많은 資格이 나에게 있을까 싶다

先生의 博學을 나의 淺識으로는 到底히 測量할 수 없는 일이며 先生의 學風

파 學問을 云謂한다는 것은 当치 안흔 일이며 著書를 通하야 先生이 公俠舘

의 一員으로 韓國時代에 朝鮮에 오래 게신다는 것파 震災後 學界를 爲하야

生命파 가치 아는 千五百餘卷을 송무리채 東洋文庫씨 비어노핫다는 것을 알뿐

이요 그가의 임은 全部가 白紙이라 先生이 어더하신 어른이라는 것은 더욱

이 모른다. 그러나 나는 先生의 學問에 對한 感동와 先生의 人格에 欽敬

파 敎服의 마음을 가지지 아니치 못한다.

◇

◇

◇

三年前의 일이다. 짓직부러 우리의 古興을 공부함 생각으로 朝鮮古書에 関

한 책이라면 만흔 関心을 가기고 對하던 머에 深柱東氏 好意로 先生의

大著에 「龍歌故語箋」파 「龍言攷」가 있슴을 앗다. 그나는 福岡에 게시는

先生에게 그것을 말하엿든것이다. 先生은 책과 함께 한장의 편지를 주섯는

데 가늘고 꼼제 도박또박 쓴 글씨로 저의 旧年의 無稿를 보아준다니 고맙다

는 것이엿다

의 蟹行書까지 搜守에 充切하것이 그窠萬눈을 모름은 무롯이며 二層의 正中

에 善本의 牌를 特揭한 架上에는 宋元의 珍秉이 또한 十百을 算甚은 따로히 새

보는눈을 밝게하며 「元板의 一居孤必用」에 佃部無偸翁의 례이 저겨잇슴에는 새

삼스러運靈世界의 流通이 無方함을 느끼거!하얏다 그리고 이名僧의 卓窠向에

는 반드시 床橋筆眼의 叔이잇서 佃時廟處에 啊鶴의 功을 싸혼자최를 봄은 主

人의 八耋卲年에 金壯飮勤한 工天善 못네 嘆服케하는것이엇다

書窠向에 安積한 古董이 또한 無欵하여 이로 넘새만도 마흘계틈이 넘거니와

翁의 功名을 世間에 不朽케할 毅虛墨骨에 對하야는 少時의 玩를 마다할수

업섯다 더욱 「毁虛畵架菁華」의 靈筆이된 大全電彼에는 所思의 伊人을 籲地에相

遑한듯한 반기움을 禁기못하엿다 이러구러 時間이 만히지낫슴을 생각하고

慌忙히 椾에서 나리와서 主翁의 力挽을 뿌리치고 그順時珍奮을 申托하고 돌

러지지안는 발스길을 돌려 나오매 鷄冠兩山은 夕陽에 빗아고 旅順口外에는

百戰을 읍조리는 무놀이 하얀져를 널몸널름하얏다

十二 前間先生과 나

田溁秀

三三

一双國老로 터무러 무릎을 맛대고 海上欵芸의 淸緣을 飭修하이 과연 一時의

快事 아니랄수업다

枯頭가 둘자 收藏品의 一閱을 韜하며 病餘에 親導하지못함을 謝々하면서

令侄로하여곰 鐵鍮을 들고 따르게하여 引導하는머로 庭前의 一小房으로 드러

가니 거츠로 보아서는 柴炭의 庫와가튼 이一間이 어찌 쯜앗스리 海內無比

天下著聞의 雪堂吉金所藏이엇다 架卓에그득하고 床壁에드리찬것이 죄다 商周

의 鐘鼎彝器와 漢魏의 明器正珉들로서 하도맘싸혀잇기때문에 도로혀 尋常하

기는하여도 가만히살펴보면 그一二三四을 어띠다가 殊離하여노하도 넉々히

博古衆珍을 자랑할맨하지아닌것이업다 一小籠이잇서서 大小各樣의 銅爵

（古代酒器의名） 만넌만지면서 이것이 슈의齋목록 張本이라한다

이것저것을 어루만지면서 勝號十年書랄생각도하고 天下의物이 偏在를 조하삼

이이러한가를 느끼기도하엿다

다시後園으로 도라가서 一段高地에 三層樓를 지은것은 圖書의所藏이엇다

따로齋목가이스나고 무릇데 아직定한것은 엄다한다 曾前에는 玉簡齋라 宸

翰樓 面城精舍 等号를 隨時하여 耤用한일이 잇는데 시방은 도드러 百爵齋라

고 언것는 양하엿다 殿放 聚珍放과 笈紙 南花紙와 高麗本日本本과 乃至 西洋

이튿날 아츰 十時에 大連埠頭에 나려서서는 이미 꺼님은 속옷이 주쳐스럽고 里

浦의 "호텔"에서는 南向한 窓戶를 조다 열어제치고 안짐이 더욱 딴世界에 온

생각을 가지게 한다 "이 가시아 行樹가 아직도 새파란 旅大의 垣路로 快速車

輪을 굴니는 것이 또한 신허진 氣分이다

어느듯 白玉山의 高塔을 마지하여 昨年 이만때에 보담도 浦上의 沙洲가 터머어

진듯함을 놀나면서 日本橋를 건너서 비스듬한 臺地를 올나가며 左邊一帶가

이른바 扶桑町이라는 別莊地區로서 羅振玉翁의 逝居가 바로 그 初入에 잇섯

다 新京의 本宅이 순전히 中國式 亭子임에 比하여 여긔의 洋灰 「쁘러ㄴ」建築

님이 아직 辮髮까지를 지기고잇는 이 老人의 居處로서 도로혀 奇異하게 느껴

젓다

別室을 通하여 老人이 凋枯出迎하는데 童額紅氣가 健康에 對한 念慮를 노혀주

며 座에 入하매 마츰 室內翁이 先在하여 例의 큰목소리로서 이무슨 奇會냐고

驚叫하ㅁ이 또한 든든하다 이미 를 머어서 壁間座上의 現物에 飾하여 書画를

品評하고 金石을 論訂하고 主翁의 近日 新刊인 「百爵齋所藏厂代名人筆蹟」卷子中

의 權漢功李齊賢 우리而 正의 詩書를 撫玩하고 또 우리 內府旧物인 羅漢圖幅에

題跋한 金守遇의 履歷에 對한 質向을 應対하니 엇바게 天下의 兩士요 満洲의

溫의 差가 甚大하니 卽 北은 世界最寒의 地 蒜耐西伯利亞의「웰코얀스코」에
接하고 蒙滿쪽에는 北朝鮮의 山嶽地帶를 控有하엿음으로 特히 北滿의 寒氣
는 酷烈하여 零下五十度(免渡河의 一九二二年一月十六日調査)를 算茸떠도 잇섯
고 南滿은 比較的溫暖하다 滿洲氣溫의 特徵은 三寒四溫넘으로 朝鮮氣候에
이숙한 鮮系國民으로는 滿洲의 치위를 견디기 無難한것이다 大體에잇서서
夏冬이검고 慈秋가젹으나 滿洲의 夏節은 南東 南西風이맨코 冬節은北 西北
風이맨다 그럼으로 夏節은 極히 치읍다 滿洲는 快晴日이
마흠으로 空氣中에 含有한「이온」의 量이맨코 空氣가乾燥하다
以上에 列擧한 諸点을 綜合的으로 觀察하면 滿洲의 氣候는 朝鮮의 氣候
와 大同小異하여 健康保持上에 適應하고 日本人士의 氣候에 比하여 그다지
나쁜便이아니니 在滿人士들의 徃々히 不健康을 云々함은 오히려 生活方式의
不合理에 主因되는것이라고 볼수잇는것이다

十一 百爵旅半日

崔南善

밤十時發車로 新京을 떠난터에는 으스스한날이 雪意를 머음은듯도하더니

헌걸매기떼 아를아를 사라지는데

바다는 万里
물결은 千里

가도가도 곳업는 뱃걸
어머니 저-기 거기엔 무엇이 잇나요?

구름이 흐러진 기슭
돗배 가는듯 마는듯 아득히 보이는데

一〇 滿洲의 氣候와 生活

玄 圭 煥

滿洲는 中央에 大平原을 끼고잇슴으로 氣候가 大陸的이어서 寒暑의 差가
甚하고 雨量도 젹은데다가 蒸發이 더욱 甚하여 極히 乾燥한것이 特徵이
다
地勢는 南은 北緯三十八度餘요 北은 同五十三度에 介在함으로 南北에따라 氣

大千君은 當代에 잇서서 그 亩名파 가치 最大級의 收藏家이며 鑑賞家이다

一日은 後门外 덕바신에서 大金二元也를 投하여 幾万元의 宋画를 가녔것도

大千君의 眼識이 잇프야 한번이며 무엇보다 君의 所藏品中 墨緣彙觀目錄中

예잇는 「李東陽詩捲」은 實로 우리 安儀局先生의 愛玩品뿐만 아니라 그 簽題

麦이 지금까지베 經見된 唯一한 安麓村先生의 手蹟이라하니 반드시 새로

운 因緣을 朝鮮과 매저야 할러인더 大千君의 佛心가 安麓村의 孤魂으로하

여금 그립든 故國으로 도라가게함이 어떠하뇨。

九大海

金福洛

물결은 千里
바다는 萬里

가도가도 끗업는 하늘것
어머니 저ー 기거기연 무엇이 사나요?

검은바위 옹기종기

十六世紀中頃에 다시 有名한 藏幅家 商分意의 愛玩한바 되엿다가 一五七

○年頃에 秘書額貞意의 收藏을 거처서 一五八○年頃에 비로소 最大收藏家의

하나인 項墨林의 珍藏品이 되엿다 그리하여 墨林全体가 一日에 麓村에게로

歸屬하게되어 前代未聞한 芸苑의 大移動이 생기게된것이다

安氏의 손을 떠난 이稀世의 絕品이 乾隆帝의 什襲으로서 内府를 빗나게하

여오다가 一千九百四罹事件의 凶變을 当하게되엿다 그때에 宮中이 모조리

掠奪을 当함에 어느틈에 英矢의 드러운 손에 쥐인 女史藏圖의 捲軸은 一

千九百三年三月「존손」大尉의 이름으로 大英博物館에 판롓논데 이巨匠의

神品을 特別室에 陳列하며 世界에 자랑하고 있는것은 英國人의 偏善에 나리

지아니하는 奇規이다 .

前年 天津에서 同好之士陶君으로부터「墨林秘玩」이라 刻한 項子京의 圖章

一顆를 어더 愛玩하며 마지아니하든 中 北京에서 新界의 大家張大千君이 墨

林과麓林은 同居한것이라하며 前에는 墨林芸圖가 麓村에게로 갓스니 이번에

는 麓林의雅玩이 墨林에게로 가는것도 無妨하다하여「儀周鑑賞」이라 刻한

妙한 象牙章一方을 나에게 寄贈하야 이한双圖章이 여러가지意味로 뜻터다

다 만질떠마다 나의雅味를 북돗는다

三

歷史的大收藏家가된것가튼 事實은 累然 一大偉觀이다

그뿐이랴 安儀周는 自己의 祕玩한 珍寶全部를 乾隆帝의 懇請에 依하야

幾百万両銀子를 받고 淸朝의 內部에 드렷스니 乾隆皇帝 八十 平生의 文獻的糧食

은 實로 우리安先生의 提供한바임은 勿論이요 그때까지 放佚하엿든 有史以來

의 芸苑의 珍寶를 集大成하여 燦然한 金子塔을 厂史的으로 세운이가 또한

우리安先生이다

西晋顧愷之의 그림으로 伝하는 「女史箴図」는 東洋畵의 最古의 內筆이라하

여 只今은 大英博物舘에 秘藏品이 되어잇다

東洋最古의 顧愷之의 그림으로 이女史箴図外에

는 洛神賦図가 잇섯는데 端方이 죽은後 그美物이 업서지 오늘비 잇서서

의 支那美術史上의 不朽性을 傳하는것은 다만 女史箴図가 되고말엇다 顧愷之

의 支那美術史上의 地位에 關하여는 謝安이「有蒼生以來之有」나라고 激賞하

한마디로 그치거나와 이그림이 紀元四百年頃의 作品이니 얼마나 오려겟을

可히 날것이요 이제 厂史收藏되여오 來厂을 天昭갈하면 唐에서는 翰林院의

一部이 弘文舘에 收藏되엿고 十一世紀頃에는 劉有方에게로 갓다가 十二世紀初

八 安儀周와 顧愷之

朴 錫 胤

支那歷代芸苑의 最大收藏家로 二人을 치는데 하나는 明宋의 項子京 (号墨

林) 이요 또하나는 寶로 朝鮮人인 安儀周 (名岐号籠林) 그사람이다

이것은 어느나ㅅ라에서든지 혼히잇는일이지마는 一大偉業을 이룬 사람은

他國人이라도 自國人이라하고 그와 反對로 悖亡한일을 한者는 自國人이라도

他國人이라고 한다

우리 安儀周先生도 支那人이 高麗人이라고 부르기를 아껴워해온것이 事實

이다 그러나 그는 勿論 朝鮮人이다 中國人名大辭典에도 朝鮮人이라는 것을

分明히는 아니하였스나 引用하여노키는 하엿다

安儀周가 康熙乾隆年間에 天津을 舞台삼아 「代明珠翟堤江淮聲勢赫奕 以好士

稱 江淮間文士之負而不遇者 多依以爲生 精鑒賞 收藏之富甲於海內 有墨椽豪魁」

이라할따가치 크게 成功하든同時에 그의 天資 古雅祜을 思慕하

는 文人墨客의 尊崇을 바듬것이 分明하다 그냥그머로 銀民百万兩에사서 구바

이론ㄴ이 하로아침에 大詩人으로서 잠을껜것처럼 우리安先生이 하로아침에

三九

誥旦升紫蘊德亨
高山望闕展烘誠
椒馨次第申三獻
粲具鏗鏘叶六英
萬年天作佑皇清
五嶽眞形空紫府
風來西北東南去
吹送檀蔴達三京

이라하엿고 뒤에劉綸이라는이가 御製韻에 次하여

王氣長鍾爲大亨
禮光群望仰精誠
蕭嬋仙靈閑金殿
勺薦神漿挹紫英
千丈高墰峩朵碧
三江遠匯閶门清
顧祈肝蜜昭靈貺

坤絡乾維護兩京

이라하여 当時의 情景을 엿볼수가 잇다

을 意識하지 못하엿다

그잇다 나는 杜甫의

摩天의 나무덜이퍼는 소리가 굴근音響으로 山을 울히

吞山無伴獨相求
伐木丁丁山更幽

들임속에 외왓다

그리든동산 널찌기부러 一見을 額하든 望祭殿神廟에 到

達하여 當時 다리를 수이여 풍경소리에 귀를 기우리고 綿綿한 古事를 여

러가지로 생각하엿다 문이 닷겨서 內部를 볼수업섯슴이 遺憾이엿고 寺廟建

築에 對한 鑑賞力이 缺乏한 나는 아모조차 기피令味하지 못하엿스나 祭祀

神位가 長白山神이라는데서 無窮한 感懷를 느끼다 大淸國을 建設한 滿洲族

은 우에말한바와가치 長白山을 祖宗發神의 靈山으로 崇奉하엿고 長白山神을

民族의 祖宗으로 華祀는 이 望祭殿은 雍正十一年世宗皇帝가 創建하신것으로

서 以後 每年春秋吉林將軍이 原寫를 거느리고 이 望祭殿을 民族의 永遠無

窮한 歲祭를 받드엇이요 當時滿州君로는 이 望祭殿을「溫德恭恩教」이라부른것이

며 이山을 溫德河恭恩山 或溫德恒山 或溫德亨山 이라고 불럿는데 小白山이

란것은 俗稱이라

高宗純皇帝御製時望祭長白山作을보면

에
중엽대군하엿다

五原春色日未遲
二月陽柳末掛絲
即今河畔水雨日
正是長安花發時

×

×

四月初旬이지나 어느날 曜日날 日氣는 활々히 주엇지만 바람이 잔々하엿슴

으로 陽地쪽에 활씬새를 차저 街唇渴慕의 情을 저시려고 거리를 동무삼아

小白山에 옵트기로하엿다 小白山은 吉林市街에서 東南쪽을 約三키로쯤되는

山이다 市街西南지면 街道左右에 平野가 덜러지고 間間가 싸히어 農夫가

마바를 다루고잇다 亦是봄이 分明하야 집에서 나와서 모이를 줌고 들어가

꼴거리며 문안으로 드러간다 날을풀고 잇다가

눈가 도야지가 코로 도랑을 뒤지여 집오리가 물가에서 것을다듬고잇다

모든것이 추위에 좋아풀엇든 몸건을 펴고 봄마지氣分이 分明하다 街道를

서러저서 山徑을 밤을여 혹 풀섬은 뒤저보고 나무가지를 만저보고 혹 벌

머셥전은 주으며 거러가는동안 마음은 오로지 山속에 풀려버리어 自己手足

七 吉林迎春記 其二

이리하야 松花江은 풀렷지만 日氣는 아직 冷々하고 몃번이나 次零까지 거
듭하야 關或싸람범는 남은 江邊을 徘徊하야도 情趣넘는 닐이 아니엿지만 大槪
는 겨을파가튼 추운날이 繼續하엿고 봄을 기다리는 내마음은 依然히 充足
튼 느끼지못하엿다 나는 이째쯤 故鄕의 버들가지 보드라운 灰色꼬리를 아
지랑이속에 흐느적거린것 山비달재 날라가 저윽히 그紫色옹오리를 二八少女의
젓부리가치 방울 물럿을것 陽地쪽에 고개숙으리 안진 방이 꼿치 含矯含態
가웃々々 웃으잇슬것을 눈아페 그리며 唐時張敬忠의 邊詞를 하읏나이나 읖

三五

나는 松花江의 關氷을 처음求景하엿거니와 그 狀況이 實로 爆彈的 行進이요

運動이엿다。前날까지 人馬가 걸어다니든 구든어름이 하루아츰에 문허

물비츨보엿다 그것은 마치 時期到來를 기다리던 뭇志士가 곳곳에서 爆火를

물고 이러서는듯한 尋常치안흔 氣勢엿다 아차 이제야 松花가 풀리기始作하

나부다고 생각은한엿지만 流氷을 보기에는 아직旬日이라 잇서야되지안흘가하

는 혼자推測을하엿고 그 날저녁때 다시江을 지날때도 아츰과 별다른變化가

업는것을보고 도라왓다 그랫드것이 이튼날아츰 내가 江가에 나갈때는 愕然

히 놀나지안흘수 업는것이 前날 곤더 롱둥자가 어느듯 줄기를

지어서 서로／ 宗全한 連絡을取하엿고 各自行動에서 淋漓히 全体行動에

올마간것이엿다。마치어적게 봉火를 들고 곳곳에서 이러난 志士의 마음이

서로 默然한가운데 相通하야 煩乎히 論議를 기다릴새도 업시 가튼目標에

突擊하는 그러한 氣魄이엿다 그러나 이날은 日沒까지 이以上 別다른 發

北가 엽는것을 보고 도라왓다。眞實로 咗然히 놀란것이 苐三日아츰 내가

江가에 나갓을때는 高大한 城壁을 부스러진듯한 집채가튼 큰어름덩어리를

両岸에山가치 밀어올려버리고 우에는 破片을 떠운채 澎湃洶々히 흘

러가는 巨魁松花가 長閒하엿슬 따름이엿다 이리하여 今年에 써가 본 松花

往來舸艦繞清秋
設教図入丹青面
庭擬宣城謝氏樓

라는 詩註에 「圍語松阿里烏拉松阿里春卽天河也漢語因名松花江」 이라하야 本來의 意

味는 「天河」라는것과 松花江이란 名稱은 漢語式命名이라는것을 밝히하엿다 高

句麗 勃海 金 淸 을 通하야 이 江을 速末水 粟末水 宋瓦 松阿 松花라고불러

或字形의 差異는 잇지만 口音은 모두 相通참이잇스니 淸의 女眞滿族뿐아니라 그前 모

든 通古斯族이 한글가치 이 江을 聖江으로 祖傳相信하엿슴이 틀림없스며 歐洲의

끼로만 노르만엽그르색손 等 諸民族이 大同小異의 言語를 가젓것과 가치 肅

愼 挹婁 高句麗 扶餘 勃海 女眞의 諸族屬이 天同小異의 言語를 가젓든것이

推測되는 일이다

말이 염길로 쓸렷지만 左右間 이江을 靈江으로 밋고 王氣가 숨어잇는

神秘한 天河로 미뜻것은 事實이며 高宗께거는 乾隆四十三年에 勅論를 내려

이江가에 神廟를 建設하고 이靈江을 祭祀하도록 親히 提議하엿스며 이듬해

四十四年에 松花江神廟가 落成되 記錄이 잇다

吉林通志를 들쳐보건대　天章志高宗純皇帝御製詩松花江에

凓凓遙源出不咸

大東王氣起魔潭

劈空觪使山原折

橇上那舂霧雨添

兩岸參差靑嶂印

地中呈象原橙畝

一川縈繆碧波怡

石辨支機執是岩

라는것이잇고　此詩注에「此江의松阿里為竝　得名　松阿里者卽國語天河也」라하고

同帝께서　吉林將軍署에行幸하섯슬적에　지으신

星漢南來直北流

紫迴濚流衛神州

城臨鏡水蒼煙上

地接屏山綠水頭

輻輳闓闠市中日

하야서 天下의 모든것을 차지 몰라머저지이다。 뉘것을 햇자거나 누고클도다

겟다는 넘이 아닌만큼 矢公 혹 世上이 이만野心을 나에게 허락한다 어떠랴

가 하노라

六 吉林迎春記 其一

咸錫彰

如何헌가다리고 기다린것의봄에저라 三月中旬松花가풀니자 나뭔그옆음물에손

을걱서 그의굼은 感을簡察하엿다 풀고기를菩待하든松花! 꿈틀거리는巨大한그

律動 모든것을 휩쓸여가리고 나려가는그熱情 누古凄하엿는 그氣慨 一貫하그

論理 無限한 未來풀설피면서도 黙々潛々치고拘束 모든것을容納하고 모든것을

包容할듯한그의雅量 그는 내게缺如한모든것을가추가주가지꼬서 스승과가치 아부

지와가치 벗파가치 꾸짓고쓰다듬고 激勵하는듯하지안가

올흔지-라吉林의봄이어 吾林의봄을爲先첫花의開花으로始作되나니 저머-옛날滿洲

서興敗起伏을 거듭하든 모든炭屬의文化經緯의봄이 언제든지이곳을中心하여이러

나고 그들이 이江을가라처「天河」라 意味를부첫슴이 實로至當한이다

二二

냥 讀書 그것으로가 우리의 一大生活事實된것이다 이러하거니까 헐것이오 그러치 못하면 말것이 아니라 이러튼 저러튼 讀書해야 하기를 着衣喫飯과 가치 헐것이다. 讀書는 내가 배곱흐며 내가 몸으스스함을 어찌하지 못하나니 讀書는 곳 내生活에서 빠지못할 一大要素임을 앙탈할수 잇스랴.

◇

밥도 熱量을 만들기 爲하야 머는것이오 옷도 体溫을 지니기 爲하야 입는것이라 하는, 意味쯤으로 讀書에도 目的을 부치고 效用을 말하면 그러지 못한것은 아니다. 곳, 밥파 옷이 暫時 小我의 生命을 保管함에 對하야 讀書는 우리의 久遠實相的 養生命께 주어서 그뿌리가 말으지 안코 그님새가 싀싀하게 하는 栄養이라 할수 잇슬것이다. 知識을 엇더코 感興을 자아내며 하는것은 世上의 누구나 다 아는 讀書의 利益이니까 이러한 浅近細瑣한것은 구태 들어 말할것까지도 업다. 또 이러한 讀書는 나하고는 본대 아모關係가 업는것이매 무론 아란곳헌 까닭도 업다. 너는 또끈으로 願하기를 熱中하야 求하기를 나에게 讀書를 爲해서의 讀書할 餘裕가 잇서지이다 그리하야 幻惑浮虚한 이世界에 오히려 眞實充足한 生活의 一面을 占得하는 滿足이 잇서지이다 그리하야 書城의 高樓에 巍然히 眞居하

치 讀書를 爲하여서의 讚書라고 할고。 書는 書의 神聖을 더욱 神聖케 하는 것

이다, 神聖絶對한 境界이늘 차전것과 맛 어들것이 있슬것인가。 다만 嚴肅한

察壇아되・敬虔한・禮拜者・임다름이것지。 『開卷受益』이라는 말이 있다 그러나

益을 바라는 讀書는 市場에 선 중도위의 짓이다 書中에 千鍾祿이 있고

義士이 있스니 부즈런히 배호라는 古人의 敎訓이 있다。

그러나 立身과 享樂을 爲하여서의 讀書는 마치를 들고서 金山銅鐵鑛을 두

드리고 도라다니는 행섹이다。世上에 이러한 讀書人이 만흠도 事實

이오 또 그리는 이골 낭으랄 까닭도 업다。다만 나는 이러한 讀書

를 하고십지 않라는 말이다。書와 갓 讀書의 神聖을 冒瀆하고 십지 안

키 써문이다。다만 書의 그세게 何하여서만 求하는 絶對의 境界를 아차하고

노치고 십지 안키 때문이다。

◇

어떠하니까 讀書를 해야 한다 드지 또讀書를 한면 어떠하니라 하는 말은

◇

버입살에 올니고 십지 안라 讀書는 다만 趣味랄것 아니오 樂이랄것 아니

◇

오 더군다나 消鍵法이라 함은 千千萬萬의 말밧기요 乃至 修養 慰安의 方便

이라함도 죄다 當치아니한 말이다。讀書는 아모것이든지 方便이 아니다。그

一九

할 境界에서 遊戲三昧를 가지고십다。能히 이러헌境地와 哱閣과 다른 모든 必要한 餘裕를 가저다하면 阿房宮도 金谷園도 乃至賈長房의 호리병과그며르 우리우스 의 천혜이도 나는 다 마다고 할것이다。

◇

이러케 말하고 사람이 혹 나를 매우 恬淡하다 매우 淸廉하다 할는지 모른다。어찌 알리요 이것이 실상 나의 大野心일줄이야 나는 밋기를 世間에 書보담 더한 화수분이 업스며 理想世界가 엄스며 永生의 것이 업다고 한다 온갓것을 다 어더노코 오즉 書를 取함으로써 온갓것을 다 못갖은 誰志가 어든것이다。두드려서 書에서 열어주지안는 門이 잇스며 求하거나 書에서 너머노치 못하는 物件이 잇술가。一切智의 倉庫라하야 佛典의 綽名을 大藏이라 하거니와 佛典과 및 其他一切를 죄다 包括하여서 書란것은 그것이 大藏의 大藏이 아니요 무엇인가。다만 書를 求함이 선상 내가 욕심꾸러이기 때문을 아는이는 알것이다。

◇

讀書는 오히려써 上乘의 讀書라 할수다。藝術을 爲하는 藝術이라엿우

◇

그러는 하야도 무엇을 엇자하야 내가 讀書하자는것이 아니다。目的이 잇는

버어서 봄을 엄허버린 마음에 너스스로 조그만 自己虐待를 加해본것이 아
니든지。先輩도 그리고 동무도 오로 尊敬하고 밋들수업는 나의 이부철곳녑
는 마음을 따뜻한 어머니와 누나의 고은 사랑을 通해서 다써 나는 春心
의 一邊이나 一角을 붓잡아 보고십다。또 붓잡아야겟다。

（庚辰　三月）

五讀書

崔南善

나에게도 慾이 잇고 野心이 잇고 또 굉장한 생각이 잇다。秦始皇파 가
치 ㄱ카이서ㄴ와 가치 世界를 統一하자거나 天下의 富貴로써 傳之子孫하자는
그것이 아니다。균만 느리노흘것시업는 쏘다노흐면 讀書를 하자는 것이다。
거것 끄거 야하기도 하젓지마는 나는 실상 이以上 또 이以外의 아모 所願
이엽다。꼬요히 書를 對하고십다。書와 나와만의 世界에서 悠悠히 優遊하고
십다。目的이나 利用價値가튼 功利心을 다 떠나서 말하자면 書我兩忘이라고

一七

그러나 착고게 갓다오면 책보들 내동댕이지고 여전히 흥자난늘 하겟지 그

리고 내가 歸鄕하면 누구보다도 반가워할 사람은 어린누나 질수년것을 나는

밋는다.

그 누나가 흥작난놀하다 말표 뛰여와서 오빠에게 매여달려 어리광을 피며

커다볼 感謝와 깃븜을 아울러 지늬 그 純眞스런 그 사랑스런 죄꼬만 눈

초리가워 그런지 희미하기 겁이 난다.

거치른 드놀에서 두 界을 바람과 눈파 싸우는 동안 구더버린 現莊의

매서운 버心情은 누나게 感謝하 가슴 그 재앙스러움, 시능을 아모래도 버마

음속에 그대로 고서안타 바다드릴수 잇슬것 갓지 안타.

그리고 겨으러 유우한장 맛잡시 못한 어머님게 罪스러워 어머게 가나.

갓다고 하시면서도 넘오즐래 涵淚하시거나 그러지안흐신 어머님이 되려가

동생이 아까다는로 愛을 지고 故鄕을 떠난 날저퍽 食口가 격작이 줌것

까운 新京에 날보내노코는 섭어우서 며칠을 두고 울으섯다니 그 어머님아

폐나는 낫비츨 바로하고서 흔아모 準備도 시방의 나에겐 업는것이 하

애까 눈보라치는 속에 내몸둥아리를, 아검업시 버던진것도 春露의 안음흔

설엄수。

양염되 주룰이 잠기슬글 맛며끄고잇는 아당해 住宅웃層에서 혹 나려다보앗다

면 우리외 辛酸한 畵中行脚을 그럿드시 허석허엿을지 몰라도 것는 사람의 마

음은 결코 즐거운것이 아니엿다。우선 봄이라끄 털모자를 버서던진 귀가

갑작이 하며를 밧는것 가태 가엽다

쌀쌀한 바람이 또 옷섭으로 서리서리 스며든다。

마침내 한끌목으로 빠저나가며 賜知술舘 나페 가서 마음더호 뻐스룰 잡아

탈수잇는것을 翠見하끄 넷은것 다말엇다。

봄은 果然 어머좀 왓는끄 구즌날이 아니라해도 飛沙走石으로 눈올 뜰수

엄슬지경이니 무슨 心思 달달한겨서가 아니라 滿洲의 봄은 정말 넷글에

니론『春來不似春』그더로다

뻐스를 타니 故鄕의 봄이 생각난다 맑게 개인 나즌 하날。도올돌ㅡ 무

처 한가롭게 들니는 시며물소리。

아지랑이와 함께 아장아장 걸어오다간 먼산에서 밤도둠하끄 해껏 마슬을

바라보랴하는 朝鮮의 봄은 참 아닌게아니라 조타。

달너와 냄이를 캔다는 권게그 흑작난하기를 어지간히 조하하든 진수도

올봄에는 소학교에 入學햇슬게다。

一五

뉘라서　내 行色　그려내야　님계신듸　들일꼬

南 几 萬

東窓이　밝앗느냐　노고지리　우지진다
소치는　아희는　상거아니　닐엇느냐
져넘어　사래긴　밭을 언제　갈려하느니

四 春心

田 蒙 秀

눈이 선엇다.

제법 봄인양 따스헌 날이 며칠 게속되드니 첫눈과 함께 겨울의 치위가
되살아와 春三月을 생각하는 내마음이 적도 辛酸하다
와홋깃을 추켜세우고 찬머리 나온 넷은 삐스콜 타고 갈가 모두한참 망
사리다가 春雪이라서 눈을 마즈며 걸어가는 것도 興味잇는 멋이라고 호기잇
게 東順治路 끌목까지 걸어온것은 조핫으나 나리는 눈이 철신 물이 만하젓
다는것을 肉眼으로 알게되고 또 것눈사람 하나엽고 오직 「완당」장수가 어
느 官舍玄關겨페 보이는 뿐은 외로운 걸을 령금성금 걸어가지 됫스니까 될

긴 파람 큰한 소리 허 거천 것이 업서라

南 怡

長劒을 빠혀 들고 白頭山에 올라 보니
一葉鎞제 장 쪽 이 胡越에 잠겨셰라
언제나 南北風 을 헤쳐 볼꼬 하노라

黃眞伊

山은 녯山 이로되 물은 녯물 아니로다
晝夜에 흐르니 녯물이 이실소냐
人傑도 물과 같도다 가고 아니 오노매라

楊士彦

泰山이 높다 하되 하늘 아래 뫼히로다
오르고 또 오르면 못 오를 理 없건만은
사람이 제 아니 오르고 뫼홀 높다 하닷다

孝宗

靑石嶺 지나거냐 草河溝 어드메오
胡風도 차도 찰사 궂은 비는 무스 일고

一三

「통통통」 정미기가 도라가며 七분도의 쌀알이 우슬〈 쏘다진다 우리들의

생명력을 걸러주는 귀하고 소중한 낫알이다 립립개신고 (粒々皆辛苦) 라고 이

것이 모두 우리개척민의 땀으로 절정되어 나온 얌얌이다 건너편에는 벼겸

줄, 울 빗겨내인 왕겨가 산을 이루고잇다 그리고 발동겨여피는 만주에파. 조

산이이 여겨를 겨우고 정당여 너러서쳐 두손아겨엏저 주고밧고 한다. 며

족협화는 누구보다도 이분들이 모범적실천을 하고잇다。

古時調

崔 瑩

녹이상제
驕驄이란제
霜蹄 살지게며여 시내쿨에 싯겨타고

龍泉설악
雪鍔을 들게갈아 두러메고

丈夫의 爲國忠節을 세워볼가 하노라

金 宗 瑞

삭풍
朔風은 나모끝에 불고 明月은 눈속에 찬듸

萬里邊城에 一長劒 짚고서서

約束이나 한드시 똑가치 두입에서 흘러나오는 잔조로운 한숨소리에 나는

조용히 덧문을질치고 내다보앗다.

살며시 도라다보는 두 어린天使의 얼골에는 天眞스러운 微笑가 샘물처름

소리엽시고여넘친다.

내열끝에도 조용히 우슴이 떠오롬을 禁할수가 엽다

소리엽시 웃든 어린天使둘은 다시금 살며시 머ー 느 南쪽하날로 親線을 옴

건다.

하놀은 구름한점 엽시 유리알가치 맑다.

심김을 호ー 뿜으면 今時에 보ー야케 흐려질것갓다

한동안이나 하염엽시 바라보던 두어린 天使는다시 내쪽으로 도라안지며

아저씨,

나는水晶가치' 맑은 그 눈에서 確實히 봄을 엿보앗다

「아저씨언제문 어룸이 풀니나요」

「글세」

「아저씨 그것두 모루나?」

「아마 별서 풀렷슬껄」

二

걸림에 게선 ○형이 편치도 못한롬에 카메라를 메고 마참 나와 기나리

고 잇섰다.

○형의 걸림풍경자랑파 룡담산(蔥潭山) 경치자랑 고구려의 고적과 전설이

그산에 만타는자랑 모든자랑속에서 시간가는줄도 모르고 어느듯 강면봉녁에

도착하게 피엿다 그도 무리가 아닌것이 걸림파 강면봉사이는 겨우 룡담산

녁하나를 사이에 두고 녁三十分간으로 갓다왓다 할수잇는 사이라니 말이다

강면봉녁에서 하차하기는 정오가지난 새로영시三十七분

녀에서 훈련소가지는 한五마장 도보로 녁三十分은 가야 된다고 한다 마

차세 네바리가 와서 손님들을 기다리고 잇다 탈랴면 탈여유는 잇겟스나

자갈을 걸은 울퉁불퉁한 건이라 도리어 궁둥이가 아프고 밤이 더멀어오를

것이니 것는것만 갓지못할뿐더러 三十分쯤 것는것이라면 우리의 거척휴련성

을 맞나려가는 이빠가운길에 그만피롭까지 피할여지가 잇스랴

녀에서 내리어 강면봉촌의 중앙짓거리로 죄악돌을 갈아 우불룽두불룽게

다가 구루마가지 나녀노아서 기픈데는 똘이되고 놉흔데는 좁다란 뚝이되

어 것는데는 여간불편이 아니다 그라나 그걸거리에 우리一형을 합처 촌사

람들이 석기어 그야말로 장사진 그며로이다 보통이를 둘너메인 미주냄자

一〇

있다금 불수가 있다、

쪽금만 노피뜨면 저비만큼 밥게는 더크게 보이지안는 갈가마귀떼가 까악까악「야마도호텔」숲위에서도

소리를 지르며 진을 치는것은 신경병적 광장이나 떠다 안젓다 하는것은

흔이보는 것이지마는 시끌들과 나무숲위에도

화초가 드물고 조류(鳥類)가 드믄 만주별판에서는 멥시엡븐 제비나 소리

고흔 피피리와가치 사랑하며 보아두어두 조흘것이다。

여기벤도 이러케 산이 엄고 내가멋나 하며 가장 한되는듯이 여울을 멋치

나 지낫는지 걸림(吉林)이 가까워오자 산이라카는 이름짓기에도 난색(難

손) 이잇스리만큼 만약하지만 그래도 산미혜 촌이 잇고 신등성이로 조그만

기름걸이 꼬불〈 도라난것을 보면 나의 생장하든 두메산골이 문득 머리에

떠오르지 아니할수 업섯다

화피창(樺皮廠) 을지나 고점자(孤店子) 구참(九站) 에서부러는 지금은 어

롬이 어럿지만 봄파 여름베는 이곳경치를 도두어주노라고 송화강(松花江)

상류가 걸림을 러듬어서 아꿋으로 흘너버리는 모양이나。

파연 만주에서는 진기하다 하리만큼 가진 산수의 경치를 구비햇다는 걸

럼벅에 차가머물었다。

九

은다。 오랴커녀 여긔에도 눈에 나타나지 안는 자연의 다툼이 엇슬런가　八

한정거장(停車場) 두절지장 되로쩌치며 차는 다라난다 만주의 정거장이란 거의가 명랑한

거분은 저퍼 특명스런 사람 꼴번 것처럼 무뚝뚝한 표정이 숨길수 업지만

그래도 어더인지 모르게 건설하고 순박한 풍취(風趣)만은 나혼자 보존하

포 잇다는 듯이 머리고 서잇는 것이 우리들의 머리에。남는 인상이나 어린에 쇠

풀어 三十분쯤 가지고 노르면 과결부시듯 만들어놋는 작난감이 아니요

평야를 가지고 너리부셔도 깨어지지 안흘듯한 구등을 가진것이 만주정거장

의 풍경이 동시에 뉩다란 들판가운데 우표정하게 선 정거장이지만 어떤느

련한 마대(蔴袋) 꾸레옥 콩기름용 그리고 떳아람씩 되는 둥둑께 거므레

한 셔탄데미 요련 홀산이 부잣집 창고신처롬 톡々 차잇는 것이 만주시골의 정

거장이다

촌아플 지날떠마다 험수룩한 집얼양청 집집마다 기둥넙 심지어는 대문

밧 외양짠아꺼지지 빤간 종에다가 설명절머에 개시대건(開市大吉)이니

만사여의(萬事如意)이니하고 셔부쳐 주련은 신년의 축복과 농촌의 평화를

구가하며 묵은 습속을 앙바리고 잇는것이것지만 세기의 바람은 불고자는데

가엽는지 만주인단발녀가의 오르나리는 광경은 아모리 쓸々한 역두에서라도

二 停車場의 表情

申瑩澈

눈개인 지평선 동쪽하늘에는 아츰해가 번쩍오르고 꺼풀가치 반공에솟은 연

돌파 연돌에서는 뭉텅이면기겨 헤떠올으는 방향으로 구비지어 빗겨올라가고

잇다. 걸까나 촌락앞에선 나무가지조차 서쪽의 몽고바람을 마저 모두가 동

쪽으로 머리를 두엇다 이도 광명은 동방에서부터 비처오고 연기와 나무까

지도 동방을 향하여 머리를 수그리고 예배를 함인지 모르겠다.

곳없는 밧저쪽에는 입떠러진 숩나무가 한주두주 다문다문 선곳을 빙자하여

촌락이 잇는가하면 연선(沿線)여페, 촌락이 다닥다닥부튼 저쪽으로 곳없는

밧치 다시 연해잇다 밧치 가다가 지친듯시 끗치 아-스란 저쪽에는 또

다시 숩나무가 흔주두주 그나마 아렷몸둥이는 아니보이고 동그스름하게 위

(圖)을지은 회초롓가지꼿만 보인다 『눈은왓지만 그래도/이제는 봄이요』

하는듯이 마른나무의 가지가지에 누른빗치 어리어잇는 것은 봄뜻을 엿보는

표정이요 어제밤사이에 바테싸인 눈도 노곤 쪽에는 녹아 이슬이 저저잇

는듯 게픈 고랑에는 하아면 줄이 그머로 남아잇다 겨울은 ?가 라커녀 봄

으로 느껴진다

건너편 언덕에서 뛰놀던 어린 天使들은 꼿내 기다린수가 업늣듯 빨간 손

끝으로 땅을 파기시작한다。

그 모양에 끌려 나도 안즌자리를 파보앗다。

어느새 풀뿌리는 파르시 물들엇다。

오오! 반가워라 蘇生의 숨결이여—·

나는 손끄치 연어드는 줄모 몰으고 希望의 봄을 파고 파고 파며 生의

歡喜에 느껴울엇다。

(己卯二月 於圖們光東園)

六

는 머리카락。 가벼운 마음은 온갖 시름을 죄다 떨쳐버리듯 하늘끝中으로피

자꾸만 돌떠올른다。

천은 날마다 오루 나리들 질어엇맘 짜장 새록워지듯 밤길을 옴겨노카카

서툴으다。

이山 저山 벗짤아 둘러보니 아저 눈빨은 남어있다지만 눈빨 서린 그

峰오리가 한껏 덛노파 보이고 情겨워 보인다。

江은? 江이 아니라 조출한 거벼들이 늘어선 너겨에는 아저도 어롬이 두

엽다。

안은 굳더군데 깨진짬으로 넘보이는 寒水는 봄을 그리는듯 첫사랑의 가

슴속처름 安靜을 못하고 — 설렌다。

그리고 휘여잡은 버들가지는 가득찬 彈力에 휘청휘청 弧圓을 그리며 튀

기면 ·러젓듯 春意湧々하다。

어린 天使들은 거도 물을 기쁨에 鎭定을 못하고 언덕으로 올니달린다。

나는 한시름 후一 제처버리고 노一란 마른 잔디바테 주거안저서 고요히

휘파람을 불엇다。

스스로 어울리지 안는 『別後의 小夜曲』인줄 알면서도 어쩌지 『봄의 抒情曲』

五

어린 天使들은 우리라고 소근〈 잠도 속삭인다

아롬풋해진 내귀는 추억의 숨결을 엿듯노라고 맘한수업시 간지러워난다.

「눈이 녹으문 무슨꽃부터 먼저 필까」

「골세 진달빌가」

「왜 진달너가 먼제 피게 ?」

「그럼 머까? 개나리꽃? 살구꽃?」

「그것두 써 누러서야 핀대」

나는 잡자기 자리를 별떡 일었다.

媚子도 엽시 장갑도 엽시 와쯨도 엽시 더구나 목도리는 잇슬理업다.

박게나서니 어린 天使들은 수상스레 처다본다.

「아저씨 어듸 가우?」

「봄구경을 간다」

「봄구경이라노? 그런 구경이 여듸 잇서요?」

「저샘 뒤까루 가두 잇구 뒤산으로 가두 잇단다. 늬들두 나와가치 가자꾸

나요」

왑뒤손의 귀여운 天使들을 이끌고 곁까에 나서니 바람도 업는데 옷날니

136 만주조선문예선

『거짓말』

『거짓말이문 내 끼게 가보렴』

『어머니가 그리시는데 立春이 지나두 여기는 아직 어름풀린머가 멀엇다든데』

『立春?』

떳다.

나는 문득 이 어린 天使의 말에서 자든 잠을 께치고 두눈을 휘둥구러케

立春! 그러라

立春이 지난지가 한週日도 더된다

그러기에 이제오늘을 낫밤대면 제법 즐머.니 녹이는 것을 鈍한 내感覺은

그것을 깨닷지못하고 섬트리도 차저오신 李節의 손님에게 그저 無心하게 지낫다。

어린天使들의 豁舌와도가치 참말로 장갑을 버서도 손끄치 시렵지안코 比

걸데엄시 온몸이 나릿해난다

두눈을 살며시 감으니 당장에 머리속에는 가벼히 아지랑이가 껴도는 듯

조으롬이 숨여든다。

쪽진 뒷곡지 키거리에 긴두루막이를 절절끄는 만주여자 어린애를 포머가에

싸엄은 조선안악비 커텀머리모자에 두루막이를 입은 조선아저씨, 석저고리

색조거베 바지를 입은 조선소년 양복입은 너지인신사, 소매 느러진 기

모노에 거다짝을 끄는 부녀 어쩻든 혐화의 나라인만큼 이조고만 거리

에도 꼬로각색으로 통행인이 저법복잡하다 나도 거기에 한목끼어 거뤼갓다,

걸림서부러 오든눈이 여기와서는 저법굴게 쏘다진다

역전버는 시굴장터만한 거리가 형성(形成) 되어 잇는데 조선촌이나 거의

들닐것이 업다 건좌우에는 한집두집씩 걸러 가까가 버려잇고 촌공소를 위

시하여 우급학교 농사합작사 피역장 (交易場) 도 잇스며 심지어는 평양냉면집

까지 진출하여왓다 조선사람과 인연거푼 북선의 냉면 남선의 떡국과 비빔

밤, 서울의 설령탕은 각기 입맛을 따라 조와하는 품이 달르겟지만 북선에

여 조와하는 냉면이 만주까지 이동된것은 피이할것도 업다 서양요

리가 도시마다 드러오고 지나요리가 비기각국에서 환영밧고 일본인거처촌에

눈 아모리 궁벽한데라도 된장 우메보시와 연어 꼬동어가 수입된다 하니

김치 고초가루와 떡국 냉면이 조선사람을 따라다닌다고 남으람헐것은 업슬것

이다.

一 봄을 파는 손

玄 卿 駿

陽地바른 南向마로수판에서 어린계집아이들이 소꿉질작난을하며 주고받는

그 이야기가 문득 의젓는 철새폴 나藏覽에 깨워준다.

얘야 주 따쓰해젓구나 !

용잡을 버서두 조곰두 시럽잖구나 !

인제 어룸만 풀리문 난두 조끄만 물동이들 사줂다끄 엄마가 딴햇단다 !

난두 사께 우리 가지 댕기차꾸나 · 응 !

바가지루 퍼담지 · 응 응 건데 머루 퍼담울까 ? !

물우에는 멀 띄우구 ? !

버들니풀 떡우지 멀 띄우겟니 ? ·

버들니풀 언제 생겨나까 ? !

어름이 풀리문 펑겨나지 !

어룸은 언제 풀릴까 ? !

글세 !

申瑩澈編

満洲朝鮮文藝選

新京 朝鮮文藝社 刊行

滿洲朝鮮文藝選

편자 **오양호** 吳養鎬

　　경북 칠곡 출생. 경북고, 경북대 졸업. 영남대에서 문학박사 학위를 받았다(지도교수 조동일, 1981). ≪현대문학≫으로 문학평론 등단. 수년 전부터 월간 ≪시문학≫에 시를 발표하고 있고, 수필집『백일홍』(신곡문학대상)이 있다. 평론집으로『낭만적 영혼의 귀환』,『신세대문학과 소설의 현장』,『문학의 논리와 전환사회』등이 있다. 1970년대부터 만주조선족 문학연구를 하여『한국문학과 간도』,『일제강점기 만주조선인 문학연구』,『만주이민문학 연구』(심연수문학상 수상), 백석의 만주행을 고찰한『그들의 문학과 생애, 白石』이 있다.

　　교토대(京都大) 객원교수 시절('일한교류기금' 지원) 재교토 유학생들과 "정지용기념 사업회"를 결성했고, 그 후 옥천군의 지원을 받아 도시샤(同志社)대학에 '정지용시비'를 세웠다. 대산재단의 지원금을 받아 정지용시를 일본어로 번역 출판하였다(『鄭芝溶 詩選』, 東京, 花神社, 2002). 북경의 중앙민족대(객좌교수), 장춘의 길림대(특빙교수)에서 중국조선족문학을 강의했다. 현재, 인천대 명예교수.

만주이민문학 자료총서 1
만주조선문예선

초판 인쇄 2012년 10월 12일 ┃ 초판 발행 2012년 10월 18일

엮은이 오양호
펴낸이 이대현

책임편집 이태곤 ┃ **편집** 임애정 권분옥 이소희 박선주 임애정 ┃ **디자인** 안혜진 이홍주
마케팅 박태훈 김종훈 안현진 ┃ **관리** 이덕성
펴낸곳 도서출판 역락 ┃ **등록** 1999년 4월 19일 제303-2002-000014호
주소 서울시 서초구 반포4동 577-25 문창빌딩 2층
전화 02-3409-2055(편집부), 2058(영업부) ┃ **팩시밀리** 02-3409-2059
이메일 youkrack@hanmail.net

ISBN 978-89-5556-009-1 94810
　　　978-89-5556-008-4(세트)

정 가 10,000원